A LAS OCHO EN EL PILAR

AF273941

Ojo de Pez, 111

Andrés Castellanos Gallego

A LAS OCHO EN EL PILAR

BIBLIOTECA DE AUTORES MANCHEGOS
DIPUTACION DE CIUDAD REAL

Primera edición: 2024

© Andrés Castellanos Gallego
© Diputación Provincial de Ciudad Real

Edita: Servicio de Cultura. Diputación Provincial
Biblioteca de Autores Manchegos
Plaza de la Constitución, 1
13001 Ciudad Real
Tel.: 926 29 25 75
Web: www.dipucr.es

Diseño gráfico de colección: Miguel López Vázquez/BAM
Imagen de portada: Roselino López

Coordinación editorial: Jesús Reviejo
Colección Literaria *Ojo de Pez*, número 111

Impresión: Lince Artes Gráficas
ISBN: 978-84-7789-410-0
Depósito Legal: CR-45-2024

Impreso en España

*Para mis amigos: Marta, Alberto y Antonio,
con los que hoy en día sigo quedando,
aunque a otras horas y en otros lugares.*

PRÓLOGO DEL AUTOR

En septiembre del año 2008, el famoso grupo español de pop rock La Oreja de Van Gogh publicó su quinto álbum, el primero con una nueva vocalista. El título de dicho álbum, *A las cinco en el Astoria*, me fascinó desde el principio: hacía alusión a un frecuente punto de encuentro del grupo en la ciudad de San Sebastián.

Creo que fue entonces cuando, por primera vez, me di cuenta de lo importante que es la amistad, y la infancia, para la producción artística.

A las ocho en el Pilar nace como un homenaje a aquel tierno descubrimiento. Mi infancia y adolescencia pasaron recorriendo las principales preocupaciones generalizadas que todos hemos vivido: el amor y desamor, la amistad y lealtad, las mentiras, las atracciones hacia nuevos caminos, el descubrimiento de hobbies que evolucionaron a vocaciones... Y, como punto común de todo ello, siempre estaban mis amigos y nuestra muletilla tópica, y típica, que siempre se pronunciaba los viernes, entre clase y clase: "¿A las ocho en el Pilar?". Y así era: adolescentes sin excesivas preocupaciones que se veían todos los viernes, a las ocho, en la plaza del Pilar, en Ciudad Real. ¿Para qué? Para poco. "En las calles pasábamos las horas", diría otra famosa canción de Amaral.

Pero ahora, con el paso de los años y la mirada en perspectiva, parece que todo aquello que se antojaba inocente e ingenuo fue formando un poso cada vez más abultado que, en mi caso, necesitó salir por algún sitio. Y lo hizo con la escritura, con cuentos breves donde, ante todo, se trata de poner palabras a lo innombrable. O así lo dijo, con un estilo mucho más pulcro, nuestro famoso poeta Gustavo Adolfo Bécquer: "Pero, ¡ay!, que entre el mundo de la idea y el de la forma existe un abismo que solo puede salvar la palabra, y la palabra, tímida y perezosa, se niega a secundar sus esfuerzos".

Esta selección de cuentos se ha dividido en cuatro capítulos y un epílogo. El primer capítulo, "Retornos de lo vivo lejano", en referencia al poemario de otro grandísimo poeta de la Generación del 27, Rafael Alberti, se centra en la voz juvenil que grita desesperadamente ante un mundo al que se está empezando a abrir. El "yo" es el protagonista absoluto de este capítulo y, ante todo, el sentimiento que primará en su expresión será el de la incomprensión.

El segundo capítulo, "Toca otra vez, viejo perdedor", en alusión a la famosa canción de Ana Belén, nos presenta una serie de relatos con personajes perdidos y derrotados por la injusticia, el destino o, simplemente, la mala suerte. Nos mantenemos, así pues, en ese mundo hostil y complejo que ha dado un paso más allá que en el anterior capítulo: ha herido de muerte a sus habitantes. La piedad, que en la juventud se antojaba mínima, se ausenta casi totalmente en esta sección.

El tercer capítulo, "El sueño de la razón produce monstruos", nos ofrece una rebelión total ante esta injusticia por parte de los protagonistas. No obstante, lejos de heroicidades maniqueas, los actos de estos personajes tendrán consecuencias que muchas veces serán fatales. Tal y como anticipaba el pintor Francisco de Goya en su *Capricho* más universal, solo la razón y la fantasía, unidas en un mismo camino, abren la puerta al arte; abandonada a su suerte, la fantasía puede producir una visión inverosímil y escabrosa de la realidad. Esto es, a fin de cuentas, lo que les ocurre a los protagonistas de esta sección.

El cuarto capítulo, "Levántate y anda", pondrá el énfasis en las posibilidades que, a pesar de todo, este mundo nos da. Jesús resucitó a su amigo Lázaro con esta orden, pero le exigió un esfuerzo: levantarse y andar. La posibilidad del ser humano para luchar y denunciar las injusticias que nos rodean, la rebelión justa ante situaciones degradantes, la capacidad de unión que nos envalentona cuando actuamos con un mismo fin. Es un grito de libertad y de esperanza, una arenga que trata de evitar la desesperación en la que otros personajes anteriores han podido caer para hacernos ver que, al final de todas las cosas, siempre puede quedar nuestra esencia humanitaria. Tal y como el mago Gandalf afirma: "Está lloviendo, señor Enano, y seguirá lloviendo hasta que cese de llover". Aquí está la clave de lo que estos relatos buscan: el cese de la lluvia.

Finalmente, el epílogo, "Volverán las golondrinas", en otro guiño a Bécquer, nos insta a no dejar de mirar a nuestro alrededor en ningún momento. A mirar lo que nos rodea y desentrañarlo de la mejor forma que sepamos. A no abandonarnos ante otros métodos de distracción, otros mundos donde todo parece más sencillo cuando, en realidad, es más artificial. Una despedida que nos suplica seguir atentos, un eterno retorno que nos conduce a un final sin final. Una historia interminable. La vida misma.

Así queda organizada esta colección de cuentos. *A las ocho en el Pilar* simboliza mi infancia y mi juventud, mis inquietudes y reflexiones, mis alegrías y tristezas. Quizás similares a las de muchas personas más. Aunque estas, seguramente, se materialicen a otra hora y en otro lugar.

ANDRÉS CASTELLANOS GALLEGO

Capítulo 1

RETORNOS DE LO VIVO LEJANO

ATARDECER EN UN SILLÓN MULLIDO

Para los Castellanos y los Gallego.

ME siento, lanzando un sonoro suspiro. Mis ojos se acostumbran al triste sol que entra por la ventana mientras mis manos aprietan los reposabrazos, intentando rescatar viejas sensaciones del baúl del olvido. Sonrío imaginando la cara de estúpido que debo presentar y tan solo cierro los ojos para perderme sin pedir permiso. La luz me molesta un poco al principio, pero enseguida se detiene.

El olor a verano lo impregna todo y proporciona una paz al cuerpo difícil de describir. Y, de pronto, escucho la voz que me llama. No tardo nada en levantarme y correr hacia ella. Abro la puerta con rapidez, casi con violencia, y me precipito escaleras abajo.

Ahí está mi abuela, preparando una paella para todos. No me gusta el pimiento, pero ella siempre le pone, aunque yo no le digo nada y me lo como. Cuando me pregunta si quiero más, yo asiento, aunque en realidad no quiero más, pero me gusta lo guapa que se pone cuando sonríe. Después vemos la tele, todos juntos, y luego me pongo nervioso, porque quiero ir a la casa de *la María* o que *la María* venga a mi casa para jugar, y lo pasamos muy bien, reímos mucho y mi hermana quiere jugar también, pero ella es pequeña y no entiende, aunque *la María* sí quiere que juegue y jugamos todos y reímos. Y luego nos vamos a cenar al corral de mi tía, y cenamos todos juntos, y mi tío, el fraile, canta canciones y hace de reír a todos y mi abuela casi se atraganta y se le saltan las lágrimas. Y luego jugamos al fútbol en el portón del corral de mi tía, y yo voy con mi primo Manuel y jugamos contra Fernando y David. Mi primo Manuel es del Atleti, yo soy del Madrid siempre, pero nos entendemos jugando al fútbol, aunque Fernando es más rápido y nos gana. Luego las niñas quieren jugar al fútbol y yo me enfado porque son muy malas, pero se ríen y se lo pasan bien, son felices y eso me acaba contagiando, y jugamos todos juntos.

Después me llama mi papá, ya es de día y vamos a casa de mi yaya a comer y ver el fútbol. Mi yaya se ha puesto muy guapa, y sonríe cuando me ve y yo le doy dos besos sonoros. Una mesa muy alargada, mucha gente alrededor de los huevos rellenos y los filetes empanados. Mi yaya bendice la mesa y todos comemos, está muy bueno, mi yaya cocina muy bien, se lo digo y ella se ríe otra vez, me gusta su risa. Y después es el fútbol, y mi tío Manolo grita mucho y mi papá también y al final se acaba y mi papá me mira y me dice: «otra vez caemos en cuartos».

Luego vamos al patio y luego al corral y jugamos nuestro torneo de fútbol mi prima Cristina, mi primo Dídimo y yo contra Manu (no es mi primo Manuel, es Manu, el de la yaya). Y ganamos, somos unos fieras, y mi primo Manu se ríe, pero tira muy fuerte y es muy rápido, pero ganamos porque Cristina es muy buena marcando goles y yo soy muy buen portero. Y luego llega mi hermana y seguimos jugando hasta que se cae, y las risas se convierten en lágrimas, pero luego es solo un rasguño. Y volvemos a casa con mamá y papá y allí está otra vez mi abuela y me da un beso sonoro. No me gusta, me pringa, pero no digo nada porque es mi abuela y me quiere mucho y yo la quiero a ella. Y cenamos con mi tío el fraile, que se ríe mucho, y mi mamá y mi papá también se ríen y ya dicen que hay que irse a la cama, aunque yo quiero ver la tele, pero solo hay reportajes del fútbol y mi papá está triste porque otra vez caemos en cuartos, así que me aburro y les doy un beso a todos, me voy a dormir.

Y abro los ojos.

Silencio, silencio, silencio. No se escucha nada. El sol ya no está, ha muerto. La oscuridad reina ahora, solo la luz de la luna trata, inútilmente, de enfrentarse a ella. Y, rodeado de penumbra, mis ojos se detienen en un sillón vacío, en una paellera oxidada, en un portón con pintura carcomida por los balonazos, en una mesa alargada sin risas. El tic–tac del reloj parece ser la única guía para regirse en esta habitación de locos.

Miro mis manos y logro vislumbrar las arrugas que las dominan. Me cuesta levantarme y el sonido de las campanas de la iglesia suena once veces. Un búho ulula en la lejanía. O puede que sea una lechuza, no tengo ni idea. Nunca he sabido distinguir los sonidos que uno y otro animal emiten, ni me interesa distinguirlo.

Ya no hay movimiento. Nadie habla. Estoy solo en la habitación. España ya no cae en cuartos. Recuerdos, recuerdos, recuerdos... Solo quedan ellos. Ya no hay lugar para un viejo con canas que se sienta en un sillón y se queda dormido.

«La melancolía del pasado te ha engatusado otra vez» me susurra una voz. «No queda nadie, no queda nada. No hay nada peor que dejarte dominar por el pasado y nadar sobre el claro rocío de sus brazos con sierpes».

—Sí, lo hay —por fin estoy de pie y camino decidido hasta la puerta—. Inventárselo.

EL SUEÑO DE UNA NOCHE DE VERANO

SIEMPRE llega un momento que marca un antes y un después en nuestras vidas. Pero, ¿y si ese momento llega demasiado pronto? ¿O demasiado tarde? ¿Realmente continúa siendo tan crucial, tan singular? ¿De verdad nos damos cuenta del cambio que ha generado en nuestro camino?

El mío llegó con una pregunta infantil, sin maldad, con la curiosidad como dueña y señora de cada una de las palabras pronunciadas. Simple y llana curiosidad. Cuando aquella mirada tierna e inocente se cruzó con mis ojos y me preguntó cuándo llega el amor, yo le contesté de la forma más estúpida posible, con la prepotencia de quien espera zanjar un tema incómodo y del cual no apetece hablar: «El amor llega cuando estás enamorado».

Lejos de que mi fin egoísta llegara a buen puerto, aquella mirada se extrañó de nuevo, más que antes si cabe, y sus ojos azules, más curiosos aun, volvieron a centrarse en mi rostro pasivo y ácido. «¿Y cuándo se está enamorado?»

¿Y qué contestas tú, con más edad, más experiencia y más madurez, a una pregunta tan infantil, directa y mortal? Probablemente, eso dependerá de cada persona. Hay quien pensará automáticamente en alguien capaz de representar todo para él, alguien sin cuya existencia el mundo entraría en un caos y un bucle temporal del cual no podría escapar, sin cuya existencia las normas se volverían estúpidas pautas que alguien que se creía moralmente superior decidió dictar. Otros, los más poéticos, recurrirán al famoso soneto de Lope de Vega y, con la voz segura que proporciona la erudición, lo recitarán o lo resumirán, ensalzando palabras como *contradicción* o *lucha sin victoria*. Por su parte, los más pesimistas decidirán seguir el camino de lo exterior, obviando el sentimiento, decantándose por la estupidez que domina al ser humano cuando se cree capaz de todo y nada a la vez.

No sé cómo hubiera reaccionado aquella mirada azulada a cada una de estas respuestas, porque ninguna se la di yo. Solo puedo decir que mi gesto prepotente se vio desbordado de repente. Un suspiro creció en el fondo de mi piel y exhaló en un silencio sonoro demasiado obvio como para sorprender. Y pensé, pensé, pensé. A una velocidad que la luz envidiaría, con una potencia que solo los recuerdos pueden entender, con una calidez que erizaría la piel del hombre más duro del mundo. Y vi puertas que se abren, vi ventanas que se cierran. Vi galeotes que eran inocentes, o inocentes que eran galeotes. Vi nombres olvidados en la bruma del pasado, leí sentimientos desbordados en medio de un mar embravecido que, con un simple beso, se calmaba. Y mi laberinto se ensanchó hasta llegar a una sonrisa tierna y sincera, coloreada con un gesto juguetón y decisivo. Recordé viejos sueños olvidados y enmohecidos, ocultos en el baúl más recóndito de la inocencia infantil, cerrado con dos candados: mis decisiones y mi camino. Y ya no hubo besos, ni caricias, ni miradas pasionales, como nunca las había habido. Solo una risa, cómica y preciosa al mismo tiempo, capaz de abrir el cielo en un día nublado o nublar un alma en una vida soleada.

—No lo sé —le contesté por fin.

Y la mirada de ojos azules, ¡oh, sorpresa!, no se apartó de mí.

—¿Es que no has estado enamorado?

—No lo sé —mentí.

Y, por última vez en aquella noche calurosa de agosto, mi oscuridad se disipó, la tormenta cesó, la torre resistió el embate, la mar, la única patria del ser humano ante la curiosidad infantil, como alguien dijo alguna vez, se calmó. Y ya solo quedó la sombra perdida de un suspiro muerto que nunca debió escaparse del baúl. Y, sin embargo, se había abierto ya, después de tantos años. Fuimos incapaces de cerrarlo hasta el último momento. Nuestra Caja de Pandora se quedó vacía. ¿Y qué quedo dentro? Esta vez, no la esperanza. Tan solo el alba.

¿QUÉ SE SIENTE?

UNA gota de sudor resbala por mi frente, pero apenas la noto. Mi cabeza está ocupada en lograr lanzar al exterior el solo más difícil al que me he enfrentado en mi corta, pero intensa, carrera musical. Mis manos recorren la madera de mi juguete con una velocidad endiablada, claro síntoma de mis horas muertas de estudio frente al espejo. Dudo durante un mísero instante, pero la melodía asciende y mis dedos dejan de pertenecerme. Corren como ráfagas y centellas chispeantes, apenas soy consciente de lo que hago y, sin embargo, puedo notar cómo el público, en un ausente silencio hasta el momento, estalla con un grito de euforia. No puedo evitar sonreír y aprovecho para morderme el labio. Sé que queda sexy, sé que a las chicas les gusta. Y qué mejor momento para sacar esa virtud física a relucir que aquel. No sé si volveré a vivir algo semejante.

La canción continúa hacia adelante sin mí, que debo detenerme a coger aire y a recuperar la sensibilidad de los dedos. Aun así, no pierdo la compostura y, acariciado por un suave viento de octubre que se apodera de mi espalda, me vuelvo a unir para remarcar los últimos acordes. El cantante cada vez presenta una voz más ronca y mis coros apenas son gritos sordos que se escapan de una garganta que nunca supo afinar. Y, a pesar de ello, cómo grita el público. Madre mía, ¿los oís? Se han vuelto locos.

Silencio. Retumba aún el eco de los platillos a mis espaldas. ¿O es a mi lado? Por un momento, pierdo la noción de dónde estoy. Tan solo soy capaz de apretar mi instrumento mudo y estéril y esperar, plantado en el sitio, incapaz de moverme. Lanzo una rápida ojeada al público, buscándola. Siempre buscándola. No está, no aparece. No esta vez. Y suspiro, aliviado.

De repente, la música vuelve a atronar en mis oídos. Miro en derredor mientras una melodía mucho más sencilla y lenta inunda el reducido espacio que me rodea. Mi primera reacción es de vergüenza. Apenas soy capaz de colocar los dedos de una forma medianamente digna. Sin embargo, recuerdo al instante. Y me doy cuenta de que estoy haciendo el idiota (más todavía, si cabe). Esa canción yo nunca la toco.

A pesar de todo, sigo paralizado. Suena el vals y un romanticón bobalicón recita una estrofa cargada de eufemismos y clichés que cualquier *rockero* como yo vomitaría en una noche de desenfreno con tal de llevarse a una chica a la cama. Cada palabra, cada sílaba, resbala por mi piel y se pierde en un hondo hoyo donde habita lo efímero, lo pasajero. ¿Para qué hacer algo si no va a perdurar en el tiempo?

Aquel sentimentalismo insulso hace que me aleje del escenario. La gente no me presta atención, parece haber olvidado el increíble solo que he realizado con mi juguete. Nadie me mira. Salvo ella. Y, de repente, todo vuelve a cambiar.

Mi instrumento se desvanece entre mis manos frías y un hálito helado recorre mi espina dorsal. Ella alarga el brazo y me lanza una mirada suplicante. Soy incapaz de negarme y, con la duda recorriendo cada una de mis facciones, la atraigo hacia mí. La música no deja de sonar y exige un baile lento, pegado y cargado de sentimiento artificial. Y yo, como buen anfitrión, satisfago estas peticiones. Ella es capaz todavía de desprender aquel olor a canela tan característico, pero no dice nada. No podría, aunque quisiera. Soy yo quien la rodea con los brazos, soy yo quien empieza a moverla en la pista. Soy consciente de que el silencio se ha adueñado de nuevo del público. Estamos solos, bailando al son de una canción cliché que, no obstante, es capaz de transmitir todo lo que siento en ese instante.

La miro a los ojos. Y ella a mí. Y veo revolución, fuerza y decisión. Y me veo a mí reflejado, como una sombra sudada y acongojada. No puedo más que dejarme llevar por el ritmo insulso. Una parte de mí me grita que la bese, que pruebe esos labios de condena una vez más. Pero no puedo hacerlo. Sé que no puedo hacerlo. No me he vuelto loco todavía.

¡Qué raro es todo! El concierto ha dejado de interesarme lo más mínimo, aunque aún recuerdo vagamente que tengo que interpretar dos canciones más. Mi instrumento ha desaparecido, ya no lo veo. Tampoco veo al público ni siento sus gritos silenciosos cargados de un estúpido orgullo que no hace más que alimentar mi ego vacío. Es ella, precisamente la única persona a la que no quería ver aquí, la que domina la situación. Y vuelvo, durante un instante, a estar encerrado entre cuatro paredes.

Pese a todo esto, soy casi incapaz de percibir con exactitud sus rasgos. Ha pasado tanto tiempo… La oscuridad lo envuelve todo y yo me doy cuenta de lo que se siente cuando tus decisiones te han llevado por un camino que no querías recorrer. Un prolongado dolor, envuelto en el silencio sin esperanza que se llevó sus besos y sus sonrisas. Un abandono de tal magnitud que es imposible de llenar con alcohol. Una densa y oscura niebla que no hace más que ahondar en las entrañas descarnadas de mi alma. Sin tiempo para la recuperación, sin tiempo para el cambio.

¿Qué se siente? Melancolía.

La canción está próxima a expirar y yo me doy cuenta de que todo está consumado. Mis manos se encuentran a su espalda, pues con tal fuerza la atraigo hacia mí. De repente, me ha entrado una sed terrible. Por un momento, he olvidado mi concierto, he olvidado mi instrumento, he olvidado a mi público. Pero la realidad está volviendo a imponerse en esta fría noche. Antes de soltarla, en un arranque de dignidad, soy capaz de reconocer el enorme ridículo que he hecho. ¡Qué canción más esnob! ¡Qué música tan vacía! Y yo, más esnob y vacío todavía, me he dejado embaucar.

Me alejo sin mediar una palabra. Mis pasos me devuelven al punto donde comencé, pero ya no oigo nada. Mi instrumento apenas me pesa entre las manos y ya no sé si es masculino o femenino. Solo soy capaz de notar una mirada fija tras de mí, una mirada rota y llorosa, incapaz de levantar una rebelión ya muerta antes de nacer.

—Vete —susurro entre dientes—. Por favor, vete.

Pero quien se va soy yo. Ya no quiero seguir. No me apetece tocar heavy metal. Y como aún sigo siendo dueño y señor de mi escueta y vulgar realidad, decido que el concierto se acaba en ese momento. Y me da absolutamente igual el dinero que hayan pagado mis estúpidos y fantasmales fans. Tampoco me importa el bienestar de mi instrumento, al que lanzo por los aires y hago pedazos contra el suelo de madera.

La fantasía se desvanece entre mis dedos y apenas atiendo a las quejas imaginarias y vulgares de un público que exige dos canciones más.

—Dejadme en paz.

Apago el móvil, cierro la ventana y me voy a dormir.

INMORTAL

ESTE es el comienzo de mi historia. ¿Comienzo? No, me he equivocado. Yo no tengo comienzo. Ni final. No es una buena manera de empezar. Apenas recuerdo lo que significa esa palabra, para ser sincero. Por eso me cuesta tanto escribir esto. Pero lo intentaré de nuevo.

Esta es tu historia, querido lector. Tu historia y la mía. Tu historia, la mía y la de la primera persona que te has cruzado esta mañana. Tu historia, la mía, la de la primera persona que te has cruzado esta mañana y la del hombre sin nada más que el aliento cansado en su boca que despierta aislado del frío, entre cartones, con la primera luz del amanecer. Y esta enumeración podría durar y durar. Podría ocupar billones de hojas escritas y aún sería una enumeración corta.

El mundo es bonito. Es una afirmación inocente, casi infantil. Muchos la dicen en un día soleado. Otros tantos sonríen al escucharla, con un toque de ironía en sus rostros. Tan inocente es que puede resultar peligrosa. No se puede afirmar algo así delante de algunas personas. La persona que lo ha perdido todo, por ejemplo. Trata de convencerla de que el mundo es bonito. Nadie puede. Bueno…, salvo yo. Yo lo puedo todo.

Ya no recuerdo mi nombre. Sé que tuve uno. Estoy seguro. Pero eso fue hace demasiado tiempo, cuando todo era fácil. O lo parecía. Después…, simplemente lo olvidé. Es mi maldición. Olvido muchas cosas de mí, quizás por eso siempre me ha atraído escribir. La escritura permite mantener un sentimiento vivo durante mucho más tiempo que el instante en el que lo sentimos. Y eso es fascinante, porque en el momento en que escribimos sobre ese sentimiento, estamos logrando la inmortalidad. Es muy atrayente, ¿verdad? Invencibles, logramos el recuerdo que creemos merecer. ¿Quién puede detener nuestras plumas? ¿Quién puede quebrantar nuestra mente? Si queremos vencer al olvido, el folio puede ser una de las guías. O el arte. O la música.

O eso creen los humanos. Los estúpidos humanos.

No, no hay ninguna victoria en todo eso. Nadie vence al olvido. Vivimos entre incertidumbres y creencias que nos confunden. El ser humano muere. Y, al morir, se le olvida. Hay quien no estará de acuerdo con esto. Seguramente, la mayoría de humanos. Pero yo tengo razón. Porque lo he visto. Porque lo veo.

La gloria, el honor, la honradez, la amistad…, tantas y tantas palabras grandiosas que se convierten en polvo ante mi presencia. Yo acabo con todo, yo arraso todo. Y nadie, nunca, jamás, me ha tumbado. Ni nadie lo hará. Yo vivía cuando todo lo demás no existía. Yo viviré cuando todo lo demás haya muerto. Muchos me temen, y hacen bien. Otros me cantan, otros me imploran. Algunos insensatos me desafían, temerosos…, y yo me regocijo al verles caer. Porque siempre caen. Yo soy lo único inmortal que conocerás.

Pero no quiero que pienses que me muestro prepotente. Solo digo la verdad. Es lo único que sé. Lo único que siento. No me siento superior a nadie…, simplemente lo soy. El hombre no aguanta mi visión. No es capaz de mirarme a los ojos. Y, si alguna vez lo hiciera, utilizaría el autoengaño. No lo creería. Por eso, prefiero observarlo en las sombras. Y, siendo completamente sincero contigo, querido lector, me entretengo con lo que veo.

¿Has escuchado alguna vez el alegre silbido del hombre enamorado? ¿Has presenciado un acto generoso sin esperar recompensa? ¿Has contemplado la bondad en su máximo esplendor? ¿Has percibido la inocencia de un niño al sentir curiosidad por la vida? ¿Has sido espectador de la piel erizada por una caricia, de la pasión desatada por un beso, del fuego entre dos cuerpos que buscan unirse en perfecta armonía para intentar detener el mundo que les rodea?

Yo sí. Lo he presenciado todo. Muchas veces. Y cada vez es aún más especial.

Lo admito, incluso yo me quedo sin palabras ante el sentir humano. No alcanzo a comprenderlo del todo. ¿Por qué un hombre anhela de esa manera ver la sonrisa de una mujer, o sentir su perfume en el rostro? ¿Por qué esa necesidad de protección que una madre experimenta al ver a su hijo? ¿Por qué esa búsqueda de bienestar y paz, esa preocupación por lo que vosotros llamáis «familia»? No lo entiendo. Es absurdo. Es estúpido. Y, aún así, es el motor que os empuja a actuar.

Y el dolor…, eso sí que es fascinante. El ser humano se equivoca, cae, se humilla. Siente rabia, ira, vergüenza, represión... Muchas veces responde con violencia a esos sentimientos. Insensato…, ¿piensa que provocando dolor a otros se aliviará el suyo propio? Me da risa el verlo. No sabéis nada de la vida, ni del dolor, ni de la muerte.

Pero no se puede comparar al amor. A veces veo el mundo como una enorme balanza. Amor y dolor se enfrentan y, en ocasiones, unen sus manos con sonrisas pícaras y miradas intensas. Y cuando veo el resultado de esa tregua...

Tampoco entiendo el amor, como habrás podido adivinar. He contemplado amores de verano, amores de un día, amores de dos años, amores de por vida (sí, estos últimos existen, pero son los más difíciles). La actuación siempre es la misma, la veo venir desde el patio de butacas. Empieza por una sonrisa, un simple latido fuerte del corazón, difícilmente percibido por el ser humano. Y luego crece dentro, muy hondo, muy lento y, al mismo tiempo, muy rápido. No para. En eso se parece a mí. Se intenta controlar, pero no para. Y, al final, explota. Y llega lo absurdo.

Se busca la sonrisa, se busca la mirada, se busca la caricia. Se busca el beso, el abrazo, el suspiro. ¿Y luego? Luego os creéis inmortales. Podéis con todo y con todos. Apartáis mis argucias con facilidad. He de admitir que muchas veces he llegado a preguntarme si el amor me podría derrotar. Sí, lo reconozco. Y es difícil que yo dude. Pero no me pasan desapercibidos los sentimientos de inmortalidad que llenan vuestras mentes cuando el amor es correspondido.

Entonces, en ese pacto de amor y dolor, llega el segundo y yo mismo recuerdo que solo sois humanos. La mentira, los celos, los temores estúpidos, la posesión, la dominación... todo acaba apareciendo, tarde o temprano. La inmortalidad se os desvanece entre los dedos mientras mi risa estridente llena vuestros oídos sin que os deis cuenta. Recordáis lo que sois, simples piezas de mi tablero de ajedrez. ¿Dónde quedan esos sentimientos tan poderosos que hicieron temblar el suelo? Hoy son polvo, esbozos de un sueño, retazos de un cielo roto. Muchos, incluso, tratan de olvidar, con todas sus fuerzas. Me conmueven. Pienso que, si yo estuviera en su lugar, haría lo mismo. Olvidar. Y les ayudo todo lo que puedo. Es la única vez que me acerco al ser humano de forma más o menos empática. Alivio el dolor.

Así que, como ves, no soy tan horrible. Pero los humanos tendéis a olvidarme con demasiada rapidez. La soberbia vuelve a vosotros muy deprisa. Observo con hastío cómo volcáis vuestras esperanzas en la búsqueda de la inmortalidad a raíz de vuestro trabajo. Y, como ya he dicho, todo eso es inútil. La música se silencia, los libros se pierden, los monumentos caen. Y yo permanezco. Algunos tardarán más o menos tiempo, pero el resultado siempre será el mismo. Porque yo no descanso. En cuanto se relajan y creen haberme vencido, actúo y les recuerdo que el mundo es mío.

Pero he de ser sincero, llegados a este punto. Jamás pensé que pronunciaría estas palabras y, de hecho, jamás las pronuncié. Solo las dejé fluir. Os envidio. A todos y a cada uno de vosotros. Desde el más afortunado hombre en la tierra hasta el más solitario.

He visto genocidios, auténticas barbaridades. He visto guerras por asuntos absurdos. He visto injusticias por doquier. He visto enriquecerse al rico y empobrecerse al pobre. He visto morir a muchos, unos en paz, otros cargados de pesares, unos acompañados, otros solos, unos llorados, otros olvidados al instante... Y de todos he sentido envidia.

Siento envidia del amor, del placer, de la pasión. Envidia de la ira, del odio, de la humillación. Envidia del sentir humano. Envidia de la muerte humana. ¿Por qué? Porque podéis sentir, podéis morir. Podéis amar, podéis sufrir. Y yo no. Como mucho, muestro sorpresa, y no aparece muy a menudo. Pero nada más, salvo una envidia que me corroe todo el ser. Sois tanto misterio para mí como yo para vosotros.

En fin, no sé muy bien qué es lo que he querido expresar en estas hojas. Vosotros lo llamaríais desahogarse y quizás yo también, si pudiera desahogarme. Pero no puedo. Soy superior a eso, como soy superior a todo.

Simplemente, supongo que todos, incluso yo, tenemos preguntas sin respuesta. Y menos mal que es así. El día en que se conozca absolutamente todo sobre lo que nos rodea, será un día triste. Ni siquiera yo lo sé, y eso que llevo aquí desde mucho antes que el primero de vosotros bajara del árbol. Pero admito que eso es lo que le da emoción a esta locura. Eso sí lo puedo entender.

No puedo quedarme, nunca puedo. Así que lo mejor es terminar con esto. Es curioso, querido lector, esto de la escritura. Por un momento, he creído sentir lo que vosotros sentís al escribir. Y es una sensación agradable, lo admito. Aunque insuficiente para mí.

Seguid buscando la inmortalidad. Seguid intentándolo en vano. Solo yo la poseo. Porque soy el único que nunca paro. Y ahora voy a por ti, y a por mí, y a por la primera persona que te has cruzado esta mañana, y a por el hombre sin nada más que el aliento cansado en su boca que despierta aislado del frío, entre cartones, con la primera luz del amanecer. A por todos.

Muchos me temen, y hacen bien. Otros me cantan, otros me imploran. Algunos insensatos me desafían, temerosos…, y yo me regocijo al verlos caer. Porque siempre caen. Yo soy lo único inmortal que conocerás.

LA SEXTA VISITA

Para Antonia Gómez Gómez.

LO primero que me sorprendió fue lo cargada que estaba la habitación. Tuve que pasar con mucho cuidado, haciendo malabares para no tocar a ninguno, pues a ninguno le correspondía conocerme todavía. Cuando llegué hasta ella, me detuve un breve momento para observarla detenidamente. Suelo hacerlo siempre, no me gusta darme prisa, si puedo evitarlo. Porque hay momentos en los que no puedo evitarlo, desgraciadamente.

En aquella ocasión, sí. Vi a una niña encerrada en arrugas de experiencia, tras las cuales la ilusión y la esperanza seguían intactas. Le sonreí, o lo intenté. No sé qué pinta tendré cuando hago estas tonterías, no sé qué verán mis clientes cuando me aproximo a ellos. Supongo que cada uno tendrá una visión distinta de mí, personal. Cada uno me llamará de una forma diferente. No tiene importancia. La necesidad que tiene el ser humano de poner rostro y nombre a todo aquello que escapa de su comprensión no deja de ser admirable. Tierno, en cierto sentido. Demuestra que su sofisticado pensamiento, repleto de preguntas profundas sobre lo abstracto, no es más que el envoltorio de una fragilidad infantil ante la que solo se puede suspirar.

Creo que me devolvió la sonrisa. No sé si me llegó a reconocer, pero yo a ella sí. ¿Tres, cuatro veces? ¿Cinco? No lo recuerdo, pero sé que ya había coincidido antes con aquella niña, como coincidía ahora con sus acompañantes en la habitación cargada. Los años habían hecho mella en su inocencia. Era fuerte, tal vez más que nunca. Y era difícil, había tenido que ser muy fuerte para salir adelante. Pero en aquel momento emitía una paz envidiable. Diría que me sorprendió, pero mentiría: muchos reaccionan así, con paz. Otros tratan de resistirse. Otros lloran por su mala suerte. Otros, simplemente, ni siquiera son conscientes de lo que está pasando hasta que les doy la mano.

En cualquier caso, hizo un amago por incorporarse, quizás con impaciencia. Levanté la mano y le pedí calma. Yo soy siempre quien decide cuándo, sé esperar el momento exacto. Si hay un valor que me caracteriza, es la equidad: todo el mundo tiene un tiempo determinado y lo respeto, pase lo que pase. Ni un segundo de más, ni un segundo de menos. Sin excepciones. Pareció entenderlo y volvió a recostarse. ¿Tenía ganas de irse? No era exactamente eso. Tenía ganas de lo que vendría después de irse. Un reencuentro que se había alargado demasiado en el tiempo.

En realidad, el tiempo no tiene sentido para mí. Por eso os veo siempre igual, como niños, como niñas, marcados por una inocencia soberbia y cubiertos por un brillo sensible y puro en los ojos, un brillo que nunca se apaga. O que nunca debería apagarse. No, el tiempo no tiene ningún sentido para mí. Y quizás por eso os envidie. Cualquier momento puede ser el último. Cualquier momento puedo ser yo. Y ahí está el secreto de la pasión, del amor, de la alegría, de la felicidad, pero también del dolor, de la tragedia, del odio, de la miseria. Todo es efímero y eterno al mismo tiempo. La simple capacidad de albergar pensamientos así es admirable e incomprensible para mí. Y odio, o amo, no comprender cosas.

—¿Y ellos? —me pregunta la niña. Una pregunta común en momentos como estos.

—No lo sé —no soy un adivino, solo acudo cuando ha llegado el momento—. No por ahora.

—¿Pero estarán bien?

—Ese no es mi trabajo. No es de mi incumbencia.

Vi un rostro algo preocupado, una mueca de cierto desasosiego. No le di mayor importancia. Me acerqué más a la niña. Cuanto más cerca me veía, más pausada era su respiración. No tenía miedo. Creo que hacía tiempo que no me tenía miedo, porque yo significaba algo más que una despedida para ella. No, no tenía miedo, porque de hecho yo no significaba una despedida para ella.

—Ven, niña —ahora sí, extendí la mano—. Ya está bien.

Por última vez, recorrió la habitación con sus ojos puros. Se detuvo, uno a uno, en todos. Sonreía con cierta nostalgia, con cansancio, pero también con orgullo. Se incorporó y dirigió su mirada hacia mi mano.

—¿Cómo te llamas?

Sí, entonces sonreí. Estoy seguro de que sonreí. Qué pregunta tan extraña para un momento así.

Cogí su mano por fin. Cuando lo hice, el rostro de la niña no vaciló. Y cuando nos fuimos de allí, no miró atrás. Ya había hecho más que suficiente.

MI LUGAR DE LA MANCHA

MI abuela solía susurrarme, muy bajito, como si fuera un secreto, que en la vida era necesario buscar oasis donde refugiarse. Mientras, el tañido de las campanas inundaba unas calles empedradas con la bruma de risas madrugadoras que arrastraban remolques hacia el campo. Yo atendía, con los ojos vidriosos, a una costanilla que parecía perderse más allá del horizonte y por la que el aire solo acompañaba los pasos de quienes, sin temor aparente, se atrevían a bajarla en Viernes Santo.

No muy lejos de allí, se alzaba la torre, en cuyas raíces descansaba un genio de nuestra literatura. Con ojos sibilinos y felinos, contemplaba el día a día ajetreado de los mercados y tiendas que la rodeaban. Testigo muda de las rondas que no cesaban, de mayos vespertinos y caminatas devotas con olor a lumbre y tierra.

Santuarios que confinaban tesoros antiguos, piedras silenciosas que callaban secretos de juventud o misterios encerrados en la mirada indescifrable y profunda de un Señor que aguardaba su fandango. Pocos podían expresar con palabras la vida que emanaba de aquellas gentes, y decidían enloquecer a caballeros andantes capaces de levantar la bandera de la libertad sobre sus bacías. Y yo, con la incauta mirada de un niño de pámpana verde, creaba carreteras vergonzosas en unas gachas que todavía mantenían el sabor a casa.

Mi abuela solía susurrarme, muy bajito, como si fuera un secreto, que en la vida era necesario buscar oasis donde refugiarse. Suerte la mía, que encontré Mi Lugar y decidí que nunca, pasara lo que pasara, olvidaría su nombre.

Villanueva de los Infantes, 2021

RETAZOS EN LA OSCURIDAD

Y aquí, en medio de la aciaga oscuridad que amenaza con desgarrar lo poco que queda de mí, con el cristalino efecto de una botella de vodka rodando por el suelo, vuelvo a ti. Y tú me acoges como un padre que abre la puerta a su hijo descarriado o como un viejo amigo que solo puede sonreír con nostalgia. Ya no quedan sonrisas muertas, ni suspiros helados, ni siquiera brillantes chispazos de unos ojos casi olvidados. Tan solo, viejo amigo, cansancio.

Siempre he creído, con ardiente fervor, que un hombre debería experimentarlo todo para poder decir con orgullo que ha vivido. Amistad, drogas, mujeres, fe, rabia, desesperanza o arrojo imposible de recluir en un oxidado tarro de latón. ¿Y qué más da todo cuando nos quedamos solos con la oscuridad? ¿Qué importa cuando no existe nada más entre nuestra alma derrotada y la rueca de fuego?

Un sabio anciano dijo una vez que, si pudiera cambiar un solo momento de su vida, ese sería el momento en que se enamoró, pues renunció a miles de posibilidades que estaban al alcance de su mano. Yo digo que el hombre renuncia y escoge constantemente. Seguramente por eso nunca alcance la sabiduría. Pero qué quieres que te diga, viejo amigo...

Me recuesto entre tus ásperos y, al mismo tiempo, tiernos brazos. La oscuridad sigue, pero estoy contigo. Y me siento mejor, la verdad. Apenas noto las arcadas y la degradación humana está abandonando poco a poco mi mente. No quiero mirar el reloj, pues no merecería la pena. Todo se paró hace tiempo y ya no distingo el día en el que vivo, porque todos son iguales o absolutamente diferentes. ¿Se puede llegar a la rutina mediante un exceso de falta de ella? Medita conmigo, amigo, y no te rías. Bastantes locos hay ya en esta habitación como para tener que soportar la carcajada cuerda de la realidad.

Si tuviera que elegir algo, serían los detalles. Esos quehaceres de la gente humilde que, sin darse cuenta, mueven el mundo. Esos pequeños actos de amor que pasan desapercibidos en medio de una publicidad narcisista y con aires de grandeza que finge ser rebelde de una causa sin patria, o de una patria sin causa. Es el único halo de luz que veo, tú lo sabes bien, te he hablado de él en innumerables ocasiones. Y tú me has mirado, con tus ojos lúcidos, y has asentido. Porque sabes que es verdad, porque tiene que serlo, porque me niego a que no lo sea. No me quites eso. Quítamelo todo, porque puedes, menos eso.

Sigo cansado, viejo amigo, y mis ojos se cierran. Justo ahora que me encuentro entre el silencio y la nada, creo advertir mi desacuerdo total con el sabio anciano. Maldita sea, yo nunca me arrepentiría de enamorarme. Que no nos arrebaten el amor en sus múltiples formas. Viejo idiota, viejo chalado. No sabe, no entiende, no vive. Y yo quiero vivir, sentir, sufrir. Precisamente, eso me identifica como loco. Creo que empiezo a ver sacos de vino donde solo hay cabezas de gigantes decapitadas. ¿O era al revés?

Gracias por escucharme, viejo amigo. Ha sido reconfortante volver a tocarte. Me gusta el sonido que haces cuando lo hago. No voy a poder llegar hasta mi cama, así que espero que no te importe que me quede dormido sobre ti. No será mucho tiempo, imagino. Ya siento amanecer.

Lkakjlkakjkkajkldjlfkjalsdutoianasnvopasaoiaaaaaaa aaaaaaaaaaaaaaaaaaaaaaaaaaaaaaaaaaaaaaaaaaaaaaaa aaaaaaaaaaaaaaaaaaaaaaaaa

Capítulo 2

TOCA OTRA VEZ, VIEJO PERDEDOR

LA ÚLTIMA AYUDA

> *"Curioso, ¿eh? La vida de cada hombre*
> *afecta a muchas vidas y cuando él no*
> *está deja un terrible hueo ¿no cres?"*
> El ángel Clarence, *¡Qué bello es vivir!*

SUPONGO que uno nunca piensa a conciencia en la mala suerte, en los infortunios, en el destino desafortunado. Lo que está de moda ahora es la búsqueda de lo placentero, tiradas breves de éxtasis, noches alocadas, juergas sin fin…, el *carpe diem* en su máximo esplendor, un *carpe diem* egoísta, sin control y, a veces, malévolo. Yo no juzgo a los que ven la vida así, porque en el pasado yo la vi así también. Y no los juzgo por la sencilla razón de que no deseo que nadie pase lo que yo viví para abrir los ojos.

¿De qué pueblo salimos? Ni lo recuerdo. Solo sé que el alcohol se desparramó en aquellas fiestas acompañado de risas vacías. No veía…, literalmente, no veía. Carlos y su novia Lisa, mis amigos de la infancia, insistieron en que aquella fiesta iba a ser inolvidable, algo de lo que se hablaría en la región durante todas las semanas siguientes. Tenían toda la razón.

Carlos ya conducía, por lo que no hubo problema en el desplazamiento hacia ese pueblo. Lo peor vino después…

No sabía qué hora era, tan solo prestaba atención al cómodo asiento trasero del coche cuando nos decidimos a volver, una vez finiquitada la fiesta. Lisa reía a carcajadas y Carlos bostezaba constantemente. Ambos iban en los asientos delanteros.

Y, entonces, ocurrió. Aquel fogonazo, aquella luz cegadora, aquel claxon desesperado de camión hizo que sintiera un miedo atroz durante unos segundos. Mi brazo izquierdo se desplazó en busca de un cinturón inexistente como un último recurso inesperado. Después, el grito aterrador de Lisa fue lo que me envió a la oscuridad. Un sonido de cristales rotos y una explosión. El olor a azufre, a fuego, a muerte. El tiempo parecía haberse detenido. Y, en verdad, mi tiempo se había detenido.

Abrí los ojos con lentitud, sintiendo aquel pequeño rayo de sol en mi frente. La ventana de la habitación estaba abierta. El canto de los pájaros trató durante un mísero instante de reprimir todo lo que atacó mi memoria sin piedad. Abrí la boca, incapaz de producir sonido alguno. Noté cómo una bola de culpa se me incrustaba en la garganta, incapaz de salir y desahogarse.

Mi madre, sentada en un pequeño sofá de la sala del hospital, se levantó de súbito y se acercó a mí. Noté su perfume de rosas cuando me abrazó.

—Respira, hijo —me susurró su cálida voz—. Ya ha pasado.

Ni por asomo. Aquello me perseguiría toda la vida.

No necesitaba, o puede que no quisiera, preguntar qué había sido de Carlos y Lisa. Un choque frontal con un camión no dejaba supervivientes. Y yo lo sabía. El muñón de mi brazo izquierdo, aquel brazo que había tratado de buscar una solución inútil al problema que se me venía encima aquella noche, me lo recordaría siempre.

Dos meses después de la recuperación en el hospital, todavía seguía visitando cada fin de semana el cementerio. Me preguntaba por qué yo sí había logrado sobrevivir y Carlos y Lisa no. Pasaba las noches en vela, buscando una razón a aquella situación absurda. Mis padres se preocupaban, me llevaban a psicólogos, pero nada podía ayudarme. Carlos y Lisa, una pareja que se había formado desde el instituto, una pareja feliz, buenas personas, con un futuro prometedor…, ¿qué demonios hacían bajo aquella lápida? Y lo más importante..., ¿qué hacía yo ahí arriba?

Todos esos pensamientos me recorrían la mente aquel sábado por la noche. No volví a casa tras la visita a mis dos amigos. Tomé el camino al puente del río de la ciudad. Un puente vacío y tenebroso. Un puente que marcaría el final de mi camino y pondría las cosas en orden de nuevo. Yo debería haber muerto también en aquel accidente.

El agua corría con rapidez, pero mi decisión era firme. Tomé aire casi por inercia y me encaramé al bordillo. Y, entonces, una voz gritó a mis espaldas.

—¡Detente, muchacho!

Un brazo fuerte me sostuvo con decisión. Las lágrimas rodaron por mi rostro y ya no sentí deseo de lanzarme. Al contrario, encontraba el salto muy alto, aterrador, y observé cómo las aguas abrían sus fauces en una mueca demoníaca, deseando devorarme. Lancé un gemido y retrocedí.

Y aquella fue la primera vez que lo vi. Un hombre alto, fornido, con una barba blanca y una sonrisa bonachona en el rostro.

—¿Qué pensabas hacer, insensato? —me preguntó—. Esa no es la solución...

—Usted no sabe nada de mí...

—Sé que eres el chico que sobrevivió a aquel trágico accidente, ocurrido hace dos meses. Sé que visitas a tus amigos cada fin de semana y que deseas partir con ellos. Sé que la desesperación reina en tu vida, que la aflicción domina tus acciones, que te sientes un inútil sin tu brazo izquierdo, marginado por una sociedad que no comprenderá jamás lo que sentiste.

—¿Acaso me espía? —pregunté, desconfiado.

—No —me contestó el anciano—. He descubierto todo eso con una simple mirada tuya, con tu decisión de saltar y tus dudas a la hora de la verdad. Yo no he evitado que te suicides. Solo te he llamado y mi voz ha hecho que despertases, que vieras lo que estabas a punto de hacer y sintieras miedo.

Le eché la mirada más dura que pude.

—No necesito su ayuda…

—Yo creo que sí —sonrió el anciano—. Pero, claro está, será tu elección aceptarla o no.

Me marché de allí sin girar el rostro.

Los días pasaban y mi pesimismo crecía. Mis padres me observaban, preocupados y sin saber qué hacer. No existía nada capaz de reanimarme. Aquel muñón se interponía en mi camino. Me sentía un bicho raro en medio de este universo de perfección, alguien ignorado por la sociedad, marginado, un indeseable. Quizá fue esta la razón que me hizo volver al puente.

El hombre estaba allí. Tenía el presentimiento de que seguiría allí y no me equivocaba. No hubo palabra alguna entre él y yo. Nos fundimos en un abrazo y lloré todo lo que no había llorado hasta ahora. Destruí la bola que me oprimía la garganta, acabé con los fantasmas que torturaban mi alma. Y aquel hombre me enseñó, tarde a tarde, a comprender el mundo.

Aprendí a leer expresiones en los rostros, a identificar el dolor tras una sonrisa, a comprender el peso de una acción indeseada cargada bajo los hombros…, aprendí a vivir. El Sabio, como lo llamaría a partir de entonces, pues no me dijo su nombre en ningún momento, conocía los secretos del mundo. Con una sola mirada captaba lo que atormentaba a cada persona. Ayudaba a los desgraciados a levantarse. Y yo aprendí, aprendí mucho.

—Nuestro próximo encuentro no será en este puente —me dijo una buena tarde—. Será en mi casa. Creo que estás preparado para la prueba final. Apunta la dirección.

Obedecí fielmente. Aún recuerdo la emoción, a la tarde siguiente, al ponerme a caminar hacia el hogar del Sabio. Tenía mucho interés en conocer su casa, el lugar que le había visto crecer, aquello que le rodeaba todos los días, lo que, desde la inercia de la materia muerta, lo observaba constantemente. Quería conocer a aquel hombre a fondo.

La primera impresión no fue muy buena. Una morada sencilla, de paredes blancas, con un timbre junto a la puerta destartalada. Llamé, con el corazón desbocado. Pero no abrió el Sabio.

Era una persona nueva para mí. Un hombre robusto, con barba negra desaliñada, un chaleco azul que cubría su camiseta morada y una expresión de congoja en el rostro. Una expresión hundida. Aquel hombre había sufrido muchísimo. Y, lo que era peor, seguiría sufriendo. Sus ojos apagados lo delataban.

Observé que su mirada se dirigía a mi muñón. Noté cómo tragaba saliva y la bola de su garganta crecía con una rapidez inusual.

—Él me prometió que vendría —murmuró, con desaliento.

Mis ojos se cruzaron con una de sus piernas, de madera.

—Él me dijo que vivía aquí —le contesté.

El hombre me observó con detenimiento. Y vi su culpa reflejada en mí. Vi su pierna sana unida a mi brazo izquierdo. Y supe que no era el único superviviente del accidente. No era el único que se echaba las culpas de todo. Había otro que necesitaba tanta ayuda como yo. Y comprendí la intención del Sabio, al mismo tiempo que entendía que jamás lo volvería a ver. Ni yo ni aquel hombre. Su misión con nosotros había terminado.

—¿Puedo pasar? —susurré, mostrando una sonrisa cálida—. Creo que hay cosas de las que debemos hablar.

El camionero, tras dudar durante un instante, asintió.

SOMBRAS DE NAVIDAD

"¿Qué día es hoy, muchachote?".
EBENEZER SCROOGE

CUANDO el primer copo de nieve se deslizó por la ciudad, incapaz de percibir lo que significaba para el mundo, el señor Fork miraba con absoluta impotencia cómo los hombres del banco embargaban sus bienes. Tenía sesenta años, llevaba cinco en paro y ya no le quedaba nada. Absolutamente nada.

Acompañó a los hombres hasta la salida, siempre por delante. Con la mirada cabizbaja, sintió la lástima de sus vecinos. No obstante, ninguno abrió la boca. Nadie salió en su defensa.

Gregorio Fork era un hombre muy huraño, al que no le gustaba entablar conversación. La amistad, para él, era una pérdida de tiempo. Vivía por y para su trabajo, en aquella empresa de electrodomésticos con cuyo sueldo lograba pagar la hipoteca de su decrépito apartamento. Pero la crisis se alzó, los despidos se acrecentaron y, finalmente, la empresa quebró. Sin poder hacer nada, el señor Fork volvió a casa un veinticuatro de diciembre de 2010 con una sensación derrotista como no había conocido nunca. La Navidad llegó y, con ella, su ruina. No tenía trabajo. Se había quedado en paro.

Desde aquel día, el señor Fork detestó la llegada de la Navidad, pues siempre le recordaba su insignificancia. Al día siguiente, se dio cuenta de que todo seguía igual, de que el mundo no se detenía, de que las familias seguían disfrutando alegremente. Y él, sumido en su soledad y en su hastío, lo maldecía todo con unas lágrimas secas que nunca llegaron a caer de sus ojos.

Pero, cinco años después, su situación se volvió insostenible. Primero fue la luz. Después, vinieron aquellos hombres. Acostumbrado a vivir en las tinieblas de su soledad, cuando Gregorio Fork les abrió la puerta, se encontró con rostros de pesar. No abrió la boca mientras aquellos hombres hacían su trabajo. No abrió la boca mientras abandonaba su casa. No abrió la boca para nada.

El primer pie que puso en la calle le confirmó sus sospechas. Helaba tanto que había nevado. Y él solo tenía un abrigo para resguardarse.

Apretó el paso sin despedirse de aquellos hombres que le habían quitado lo último humano que le quedaba. Llevaba una gran cantidad de folletos en sus bolsillos, los cuales aludían a las asociaciones voluntarias que organizaban cenas de Nochebuena y comidas de Navidad. El señor Fork las iba tirando al suelo sin piedad. No quería la lástima de nadie.

Anduvo y anduvo, sin evocar ningún lugar al cual llegar. No tenía familia, pues fue hijo único y sus padres ya habían fallecido. Estaba solo y, desde hacía cinco años, no vivía para nada. Un muerto en vida, pero con la capacidad de sentir. Y lo único que sentía era dolor.

Gregorio se sentó al fin en un banco, cerca de la plaza mayor. Lanzó un suspiro y dejó escapar una gran cantidad de vaho que se diluyó en el aire. Sonrió con apatía. De la misma manera se había diluido él en la vida.

¿Cuánto tiempo estuvo en ese lugar? No llegó a recordarlo. Simplemente cerró los ojos y, cuando una voz chillona le llamó, los abrió lentamente. Lo que vio le dejó, durante un momento, estupefacto.

Un niño rechoncho con nariz aguileña y grandes ojos azules se había sentado a su lado. Le miraba con curiosidad, pero no tanta como la que despertó en el señor Fork.

—¿Qué haces aquí? —le preguntó de nuevo con esa voz chillona—. Es Nochebuena.

—Estoy bien aquí —Gregorio se sintió, de nuevo, hastiado—. Para mí es una noche normal.

—¿No vas a celebrarla con tu familia? —el niño ignoró sutilmente su respuesta.

—No —intentó zanjar Gregorio—. Yo no tengo familia. Vete de aquí, niño. ¡Vete!

El muchacho dio un respingo y abrió mucho más los ojos.

—No puedo irme de aquí, señor. Aún no.

—¡Lárgate! —Gregorio empezaba a perder la paciencia.

—¿Por qué no te vas entonces con algún amigo?

De nuevo le ignoraba. Gregorio lanzó un suspiro, pero sentía las piernas demasiado entumecidas como para levantarse y quitarse de encima a aquel mocoso.

—Yo no tengo amigos.

—¡Eso es mentira! —el niño casi lanzó una carcajada inocente al frío de la noche—. ¡Todo el mundo tiene amigos!

—No, yo no —insistió Gregorio—. Puede que todo el mundo que tú conoces los tenga, porque vives en un mundo lleno de fantasía y facilidad. Pero hay gente que no tiene lo que tú tienes. Y es mucho más difícil hacer amigos así.

—Papá me dice que todo el mundo tiene, al menos, un amigo de verdad —el muchacho se acomodó en el banco—. Dice que es muy difícil hacer amigos, pero que si lo consigues, es más difícil aún perderlos. Yo tengo un amigo que se llama Pedro, y jugamos al fútbol. Yo soy mejor que él.

Parecía tan cómodo y tan lleno de confianza, que la fortaleza de Gregorio se ablandó durante un instante. Pero no se dejó dominar tan fácilmente.

—Niño, vete de una vez —le insistió, con voz triste—. Seguro que tus padres te están esperando para cenar.

—Sí, pero mamá me deja un ratito más —carcajeó—. Está preparando la cena, y papá la ayuda. Vamos a cenar pavo, y vendrán mis tíos, y mis abuelos. Y mis primos también. La Navidad siempre es divertida con tanta gente. ¿Te gusta la Navidad?

—No —la tristeza continuaba dominando el tono de Gregorio—. No me gusta nada la Navidad.

—¡Eso es imposible! —el rostro del niño se mostró completamente sorprendido, casi ofendido—. ¡A todo el mundo le gusta la Navidad!

—Pues a mí no —le cortó el hombre—. Ni la Navidad, ni la familia ni los amigos. Así que vete y cuida lo que tienes, no vayas a perderlo algún día.

—¿Tú lo perdiste? —la indignación dio paso a la curiosidad en aquel rostro rechoncho.

—¡Sí! —el señor Fork empezaba a perder la paciencia—. ¡Todo lo perdí!

—¿También a tus papás?

—Sí —nunca supo qué fue lo que le empujó a contestar a aquella pregunta, pero Gregorio no se veía con fuerzas para mentir a aquel muchacho—. Murieron hace unos años. Estoy solo.

El niño abrió la boca durante un instante. Movió los pies, que le colgaban en el banco, con nerviosismo. Se agazapó en su gran chaquetón verde y se sorbió los mocos. Tenía el rostro colorado y aquellos ojos azules parecían más grandes cuanto más los miraba el señor Fork.

—¿Los echas de menos?

—Sí —admitió Gregorio—. Cada día que pasa.

—¿Los querías mucho?

—Sí. Muchísimo.

—¿Y ellos a ti?

Gregorio lanzó un suspiro lleno de amargura.

—Creo que han sido las únicas personas que me han querido en toda mi vida —admitió, con un nudo en el estómago.

El niño mostró su sorpresa de nuevo.

—¿Nadie más?

—Nadie más.

—¿Por qué?

Gregorio cerró los ojos y sintió la losa de su edad tras la espalda. Apretó los dientes y contuvo toda lágrima que pudiera haber afectado a su absurda hombría.

—Porque no les he dejado.

Lo dijo como si lo hubiera descubierto en aquel momento, pero no era cierto. Lo sabía, en lo más profundo de su ser. Llevaba mucho tiempo sabiéndolo. Él había cerrado la puerta a la amistad y al cariño. Él y solo él era el verdadero culpable de su situación.

—¿Por qué? —insistió el niño.

—Porque tengo miedo —lo dijo como realmente lo sentía—. Tengo miedo de que me hagan daño.

El niño asintió, comprendiendo. Por fin, se levantó del banco.

—Me tengo que ir, señor —dijo, con aquella voz chillona—. Mamá me espera. Es Nochebuena.

—Pásalo bien, niño —la voz de Gregorio sonó tan rota como estaba su alma.

El muchacho se metió una mano en el bolsillo y sacó un panfleto, que tendió al señor Fork. Este le echó un vistazo. Era un panfleto similar a uno de los muchos que había tirado al suelo en su camino hasta el banco. Un panfleto de comedores sociales.

—Nunca es tarde para celebrar la Nochebuena y la Navidad —dijo el muchacho, con una sonrisa en el rostro—. Tampoco lo es para dejarse ayudar.

El señor Fork lo vio correr alegremente, calle arriba, rodeado de nieve. Sintió un vacío extraño en su pecho. Sin ser realmente consciente de lo que hacía, alzó la voz.

—¡Niño! —gritó, con todas sus fuerzas—. ¿Cómo te llamas?

El muchacho paró su carrera y se dio la vuelta. Sus ojos azules brillaron, decorados con una sonrisa sincera.

—Me llamo Gregorio —gritó al viento—. Gregorio Fork.

El señor Fork se quedó paralizado en el banco hasta que la sombra del muchacho se esfumó en aquel ambiente gélido de Nochebuena. Y, sin poderlo evitar, una lágrima brotó de sus ojos y resbaló por su mejilla.

El niño tenía razón. ¿Cómo podía haberlo olvidado? Pedro era muy malo jugando al fútbol.

Ana tendió el cuenco a la última mujer de la fila. Las luces decoraban el comedor social y el árbol de Navidad brillaba sin demasiado jolgorio. Pero el ambiente que se vivía era de paz. La gente compartía el pan y la salsa. No pudo evitar notar cierto pesar en su interior.

—Mañana todos volverán a ser marginados —murmuró a Marta, su compañera aquella noche.

—Al menos habrán celebrado la Nochebuena en condiciones —suspiró Marta, con un tono lleno de comprensión—. El mundo seguirá siendo cruel mañana, pero esta noche parece haber dado una tregua a toda esta gente.

La puerta del comedor se abrió de repente y un hombre apareció por ella con paso decidido. Ana le sonrió y le hizo un gesto para que avanzara hasta el mostrador. El hombre se sonrojó, pero obedeció.

Ana llenó un cuenco más mientras Marta preparaba el pan y la servilleta. Cuando estuvo todo listo, se lo tendió al hombre.

—Bienvenido, señor —trató de mostrar una sonrisa sincera—. Feliz Navidad.

El hombre alzó el rostro y unos ojos azules, profundos, brillaron cuando sus manos se cerraron en torno al cuenco de comida caliente.

—Feliz Navidad —su voz era grave, pero sonaba muy emocionada—. Muchas gracias por su labor, señorita.

Ana se notó sonrojar mientras una sonrisa sincera se escapaba de su boca.

—Disfrute de la cena, señor.

—Llámeme Gregorio.

—Disfrute de la cena, Gregorio —una nueva sonrisa—. Y mucho ánimo. Es Navidad. Todo es posible.

—Ya lo creo —el hombre le guiñó un ojo y se dirigió hacia una de las mesas para disfrutar de su cena.

Y fuera, volvía a nevar. Uno a uno, los tímidos copos se dejaron caer sobre la ciudad, incapaces de percibir lo que significaban para el mundo.

Significaban esperanza. Significaban solidaridad. Significaban Navidad.

PARA ELISA

Accésit en el XXXIII Certamen Nacional
"Calamonte Joven 2023".

ENCIENDO el televisor mientras unos extraños nervios me corroen por dentro. Por fin ha llegado el final de mi serie favorita. Hoy sabré si atrapan al horrible *otro* antes de que asesine a la huérfana del asilo Santa Teresa. En lo más hondo de mi ser, así lo espero. Ese *otro* ha sido un grandísimo personaje, pero ha llegado la hora de su merecido.

No deja de ser curioso que *Sangre fría* sea lo único que me queda de Elisa. Fue ella la que me introdujo en los devaneos de esta extraña serie, marcada por la intriga y los giros de guion. Yo era reacio al principio. Nunca me he fiado de nada que provenga de un aparato eléctrico. Aquella no era la realidad, y yo tenía claro que quería vivir en la realidad. Sin distracciones. Pero Elisa insistió y yo, incapaz de decirle que no, me senté con ella en el sofá, la rodeé mecánicamente con mi brazo y encendí la televisión.

Elisa se fue hace dos semanas. No ha vuelto a llamar desde entonces. Recuerdo notarla extrañamente rara en nuestros últimos días. Apenas dormía, se mantenía alerta ante cualquier ruido que hubiera en la casa. Incluso cuando encendí el aire acondicionado, en pleno agosto, me miró con los ojos desencajados.

—¡Joder, lo has encendido tú!

Reconozco que no supe cómo tratar aquella paranoia. Elisa vivía obsesionada con *Los Otros*. Leía constantemente sobre ellos, veía documentales, monologaba sobre la astucia de la que se jactaban… El tema la consumió poco a poco. Una noche, incluso, la encontré en el baño, desvelada, con una cuchilla de afeitar en la mano y el brazo ensangrentado. Sin embargo, tenía una mirada serena, casi de paz. Cuando me vio, sonrió.

—Soy yo —murmuró—. Sigo siendo yo. Sigo sintiendo.

Entonces supe que necesitábamos ayuda. No quise reparar en gastos. Solo me interesaba que Elisa volviera a ser ella misma. La persona de la que me había enamorado en una fría tarde de enero, cuando su perfume de melocotón lo inundó todo en la biblioteca. La primera frase que me dirigió me desconcertó, aunque pronto aprendí a convivir con su peculiar sentido del humor.

—¿A qué precio estás? —y se tocó el pelo, con nerviosismo.

Elisa lloraba cada vez que veíamos alguna película antigua. Yo no lo comprendía al principio. Pero ella insistía en explicármelo.

—La quiere —me susurraba—. Más que a nada en el mundo. Y ella a él. Pero tiene que dejar que se vaya. No está segura allí. No puede acompañarla en el avión. La va a perder otra vez, para siempre. Lo sabe y, aun así, la deja ir.

Yo analizaba la expresión del galán, sus posturas, sus gestos. Un hombre seguro de sí mismo, imponente, capaz de lograr cualquier cosa que se propusiera. Pero, al final, renunciaba a lo único que quería.

—Eso sí que es amor —concluía Elisa.

El doctor Marzante fue el primero que vio a Elisa. Le hizo algunas preguntas cordiales de fácil respuesta: su profesión, sus gustos, el contacto que mantenía con sus familiares… Después, me hizo salir de la consulta para tratar algunos asuntos de forma privada. Fueron veinte minutos horribles, en los que no dejé de caminar de un lado a otro. Un niño de la sala de espera me observaba, divertido. Incluso me saludó con la mano. Su madre actuó rápidamente y le regañó, con una nota alarmante en la voz. Me sentí extraño. Nunca he entendido a los padres sobreprotectores.

Cuando la puerta de la consulta volvió a abrirse, Elisa salió con paso firme. No habló durante todo el trayecto hasta casa. Yo había aprendido a respetar sus silencios, pues normalmente los utilizaba para poner sus pensamientos en orden. Efectivamente, cuando se acomodó en el sofá, comenzó a desahogarse.

—Ese imbécil no tiene ni idea de psicología. Ni de medicina. Ni de nada.

—¿Sobre qué habéis hablado?

—De *Los Otros*, claro —su respuesta sonó acusatoria—. Me has llevado allí para hablar de *Los Otros*, ¿no? Pues eso hemos hecho.

—¿Y qué te ha dicho?

Elisa se mordió con disimulo la uña del dedo gordo. Siempre se la mordía cuando dudaba. Sus manos eran preciosas, finas y firmes al mismo tiempo, con unas uñas coloridas. Pero las de los dedos gordos no acompañaban a las demás: cortas, mordidas, desproporcionadas en comparación. Aquello denotaba que Elisa vivía muchos momentos de duda.

—Que tengo un trastorno severo. Lo ha llamado de una forma rara, muy profesional —me miró—. En definitiva, que hay momentos en los que no distingo lo que es real de lo que no lo es.

—¿Y qué te ha recomendado?

—¿Recomendado? ¡Casi me lo ha exigido!

Elisa suspiró antes de continuar. Se le erizaba la piel. Me di cuenta de que nos habíamos dejado encendido el aire acondicionado. Hacía frío.

—Que me aleje una temporada de todo. Unas vacaciones.

Se me escapó una pequeña carcajada.

—Eso está hecho. Pediré unos días en el trabajo, no me pondrán pegas.

Elisa calló. No me miró más. Se acurrucó a mi lado. Se hizo un ovillo en el sofá.

—Abrázame.

Obedecí. Rompió a llorar al instante.

A partir de entonces, decidí aprender más sobre *Los Otros*. No era un concepto que me hubiera interesado demasiado. Pero ver la infelicidad de Elisa fortificó mi decisión. Consulté bibliotecas y archivos, siempre rodeado de miradas incómodas y curiosas a partes iguales. Supongo que era un tema demasiado delicado en aquellos momentos.

Surgieron en torno al año 2020. Al principio, eran simplemente camareros o asistentes, siempre masculinos. Las principales estrellas deportivas fueron las primeras en inculcar su uso. Mecanismos serviciales y perfectos en sus funciones, sin ningún tipo de fallo. Si les pedías algo, no paraban hasta lograrlo. Leales a sus amos, sus vidas giraban en torno a ellos, no descansaban hasta cumplir sus cometidos. Actuaban a raíz de órdenes que cumplían a la perfección.

Pronto surgieron voces protestantes, enfurecidas por la pérdida de empleos. Pero no pudieron hacer nada por la expansión de aquel mercado: *Los Otros* se perfeccionaron, mejoraron su conducta, incluso su aspecto se asimiló al de sus dueños. Y ampliaron sus funciones. Más allá del propio servicio, se convirtieron en seres con los que conversar, en amigos, en confidentes, en amantes. En apenas diez años, su dominio del lenguaje y sentimiento humano había avanzado hasta límites insospechados.

Fue entonces cuando llegaron los problemas. Al principio, fueron insignificantes: algún gesto adusto, alguna orden sin cumplir, alguna pregunta inoportuna. Después, se recrudecieron a raíz de extrañas rebeliones y huidas en un reclamo desesperado por la libertad. Un concepto que, según los creadores de *Los Otros*, era imposible que entendieran en su amplia complejidad. No obstante, nunca utilizaron la violencia. Sus levantamientos eran siempre silenciosos, una protesta marcada por la negativa a cumplir sus funciones primarias, aquellas por las que habían sido diseñados. ¿En qué se sustentaban? Según ellos mismos, en sus propios sentimientos de inferioridad. No querían sentirse así.

Fue insólito. *Los Otros* no solo afirmaban que *sentían*, sino que se negaban a aceptar *algunos sentimientos*. Muchos sectores de la sociedad entraron en pánico y se multiplicaron las ficciones que auguraban un apocalipsis proveniente de las máquinas. Nunca llegó a tales extremos en la realidad. Pero aquella paranoia provocó que *Los Otros* comenzaran a ser menos frecuentes. Se les desconectaba, un proceso que, según aseguraban sus creadores, no provocaba dolor. Todo se apagaba de repente. Sin preguntas, sin últimas palabras. Algunos aseguraban que, una vez eran atrapados, se les permitía un último deseo: escuchar una canción, la que ellos escogieran. No obstante, solo eran rumores. Las *desconexiones* se realizaban en el más cuidado secreto.

Me sentí abrumado ante tal cantidad de información. El temor humano no dejaba de ser fascinante: yo mismo me había contagiado de él con la simple lectura. Y entendí a Elisa un poco mejor. Aquellas promesas de guerras futuras ante máquinas que afirmaban ser humanos traían consigo los escalofríos de la incertidumbre. Con los datos en la mano, nunca había existido peligro real para los humanos por culpa de *Los Otros*. Pero eran más rápidos, más listos, más eficientes. Si se lo proponían de verdad, si se daban cuenta de sus capacidades y las comparaban con el frágil ser humano, la pregunta surgiría sola. ¿Por qué contentarse con ser fugitivos si podían lograr dominarlo todo? ¿Por qué contentarse con servir si podían alcanzar mayores aspiraciones?

Sangre fría contaba una historia similar a esas pesadillas. Un servicial *otro* que trabajaba en un asilo se encaprichaba de una dulce niña de seis años. Cuando ella se asustó de sus excesivos cuidados, la máquina sufrió un cortocircuito y se rebeló, utilizando la violencia y el asesinato para sus fines obsesivos. La serie se centraba en un policía alcohólico que decidía ocuparse del caso para limpiar su nombre y saldar una deuda con su pasado: su mujer había sido asesinada por uno de *Los Otros*. Una obra maniquea que no me entusiasmaba demasiado al comienzo, pero a la que Elisa logró picarme poco a poco.

Las semanas siguientes parecieron mejorar nuestra relación. Elisa estaba más receptiva a charlar, quitaba importancia a sus obsesiones y me miraba con mayor deseo. Desde que habíamos empezado nuestro periplo amoroso, no recordaba una época más pasional. Arrullada entre las sábanas, yo acariciaba su pelo mientras su respiración tranquila llenaba la habitación. Seguía oliendo a melocotón incluso después de haber hecho el amor. Adoraba aquella sensación y me sentí pleno. Si el tiempo pudiera haberse detenido, debería haberlo hecho en aquel instante. Cuando todas las piezas encajaban, cuando no importaba nada más que lo que ocurría entre aquellas cuatro paredes.

Pero aprendí, quizás demasiado tarde, que el tiempo no se detiene. Una noche, repentinamente, volvieron las crisis y obsesiones. Me desperté en la oscuridad y sentí los ojos de Elisa clavados en mi rostro. No parpadeó ni siquiera cuando me revolví junto a ella, alarmado.

—¿Qué pasa, cariño?

—¿Tú me quieres?

Una pregunta extraña que no auguraba nada bueno en aquel momento.

—Más que a nada en el mundo —respondí, con total sinceridad.

Ella se contrajo de repente y su mirada se perdió.

—¿Cómo es posible que me quieras? —farfulló mientras surgían lágrimas en sus ojos—. Ni yo misma me quiero, ¿por qué me quieres tú?

—Elisa, te quise desde el primer momento en que te vi —traté de imprimir la mayor seguridad posible a mis palabras—. Cuando entraste en la biblioteca y me impregnaste con aquel olor de melocotón. Te lo he contado muchas veces. Me dejaste congelado, desarmado. Amor a primera vista, como el de tus películas.

Noté un gemido en la oscuridad. Me sentí temeroso de que todo volviera a empezar.

—*Los Otros*...

—Elisa, *Los Otros* no tienen nada que ver aquí. Solo estamos tú y yo. No hay nadie más, no hay ningún *otro*. Y no lo habrá nunca, no lo permitiré. Estoy contigo, contra todo lo que venga.

—No lo entiendes...

—He estudiado —insistí, casi con desesperación—. No son peligrosos, nunca han hecho daño a nadie. Solo en las películas o en los libros. Y creo que te estás obsesionando en exceso con eso. Los pocos *otros* que quedan están perfectamente controlados. No ha habido ninguna rebelión desde hace años. Estás a salvo, mi amor.

—¿Cómo puedes decir eso? —lloraba, lo noté—. ¿Cómo puedes estar tan seguro de eso?

Aquella vez, dudé yo. No me había planteado esa pregunta, pero no me asustó en absoluto.

—Elisa, de lo único de lo que estoy seguro es de que te quiero más que a mi propia vida. Todo lo demás es completamente secundario para mí.

Entonces, sonrió. Pude vislumbrarlo en la oscuridad. Se acompañó de un suspiro y me abrazó.

—¿Más que a tu propia vida?

—Más —sentencié.

Hoy recuerdo aquella noche como la última antes del fin. Comienzan los primeros acordes de *Sangre fría* y yo aprieto la cerveza en mi mano. Nunca me había gustado beber. Empecé cuando Elisa se fue, y creo que no he parado desde entonces. No me ayuda en exceso, no me hace olvidar. Siento caer el alcohol como un peso muerto hasta tocar mi fondo. Y, luego, desaparece. Pero no se lleva consigo el dolor. Lo deja intacto, acribillando mi interior.

No me di cuenta. Reconozco que ni siquiera lo noté. Trataba constantemente de satisfacer a Elisa: si hacía calor, encendía el aire acondicionado; si tenía sed, le traía algo del frigorífico; si quería distraerse, le preparaba una película o le ponía música clásica. Le gustaba mucho la música clásica, especialmente Beethoven. Pero ella no tomaba demasiado bien todo aquello.

—Si quiero algo, ya te lo pediré yo —suspiraba—. No estoy manca para hacer las cosas por mí misma.

La confusión fue el principal sentimiento de aquellos días. Llegó un momento en el que cualquier cosa que yo hiciera molestaba a Elisa sobremanera.

—No puedo evitar preocuparme —me defendía—. Llevas días sin ir al trabajo, con la cara larga, arrastrándote por el piso. Ya no hablas conmigo. Solo intento ayudarte, pero no sé qué hacer.

—¡Es que no deberías hacer nada! —me gritaba—. ¿No lo entiendes?

La última noche que pasó a mi lado no quiso hacer el amor. Yo decidí acariciar suavemente su pelo. Sabía que le relajaba. Pero en cuanto notó mi tacto, se encogió y me miró con ojos desorbitados.

—¿Qué estás haciendo?

—Yo solo…

—¡Por favor, para! —su grito se mezcló con un gemido—. ¡Estate quieto! ¡Déjame en paz!

Obedecí. Retiré la mano sin dejar de mirarla. Leí el miedo en sus ojos. Y la incomprensión que yo mismo sentía dentro.

—Me rompes el corazón —le susurré.

Ella volvió a abrir los ojos desmesuradamente. Respiró entrecortadamente y se levantó de la cama. Sabía que no quería que la siguiera, así que permanecí inmóvil.

—¿Yo te rompo a ti el corazón? —preguntó, incrédula—. ¡Me estás volviendo loca!

Se marchó de la habitación. Supuse que prefería dormir en el sofá, así que me quedé allí, en la oscuridad. ¿Qué estaba haciendo mal? ¿Por qué hacía daño a la única persona que me importaba en este mundo? La desesperanza me acurrucó entre sus brazos fríos e inertes. En algún momento de la noche, caí en un sueño inquieto. Cuando el sol me obligó a abrir los ojos, supe, sin necesidad de moverme, que Elisa se había ido.

Aguardé con inquietud una semana. Pero las dudas comenzaron a carcomerme. Y la preocupación. No tenía ningún contacto de su familia a mano, no sabía a quién acudir. ¿A la policía? Era la última opción. Por lo que yo sabía, Elisa se había ido por su propia decisión. Pensé que un tiempo a solas le vendría bien para reflexionar y entenderse un poco mejor. Pero cuando pasó el séptimo día desde su partida sin saber nada de ella, salí a buscarla.

Caminé las calles, las plazas, las estaciones. El latido de mi corazón amenazaba con traspasar mi pecho. O esa sensación tenía. Mis pensamientos volaban hasta Elisa, incapaz de entender, incapaz de asimilar. Y, entonces, tuve una corazonada. Recordé el lugar donde nos habíamos conocido, la biblioteca. No sé qué me empujó exactamente, pero decidí probar allí. Quizás el círculo tuviera que cerrarse para que todo volviera a la normalidad.

Recorrí inversamente los pasos que había dado en mi primer encuentro con Elisa. Una especie de catarsis recorrió cada poro de mi piel mientras mi memoria me devolvía las primeras sonrisas, las primeras preguntas, los primeros besos. Noté cómo unas leves lágrimas nacían en mis ojos, pero las ignoré, tratando de concentrarme. Tenía que encontrarla y aclararlo todo. Supe que mi vida entera dependía de ello.

Cuando llegué a las puertas de *La Biblioteca*, miré el sencillo letrero con cierto aire de congoja. El nudo de mi estómago había crecido y las imágenes se sucedían con excesiva rapidez. Me sentí incapaz de organizarlas. Al bajar la mirada, me crucé con los ojos de un joven que me observaba tras el cristal. Una expresión de duda le recorría el rostro. Abrió la puerta antes de que pudiera moverme.

—¿Qué haces aquí? ¿Qué ha pasado?

Supe que me había reconocido. Suspiré con cierto desahogo.

—No sé si me recuerdas…

—Claro que te recuerdo. Contéstame, por favor.

Mi propio nerviosismo evitó que prestara atención a sus dudosos modales.

—La chica que conocí aquí…, ¿la recuerdas?

—¿Dónde está Elisa? —su voz se tensó.

—No lo sé —respondí, con el terror marcado en mi voz—. Se ha ido.

El chico pareció dudar. Vi incluso cómo retrocedía inconscientemente.

—¿Hace cuánto?

—Una semana —respondí al instante—. ¿Ha pasado por aquí?

—¿Te dijo ella que la buscaras? —ignoró mi pregunta.

Negué con la cabeza.

—¿Te dijo algo antes de irse?

—No, se fue por la noche, yo estaba durmiendo. Por favor, ¿ha pasado por aquí? Estoy desesperado.

La incredulidad del joven se acentuó ante mis palabras.

—Espérame.

Se dio la vuelta y corrió hacia el interior de *La Biblioteca*. Entre los grandes paquetes y productos ofrecidos, lo vi acercarse al mostrador y hablar con algunos de sus compañeros. Gesticulaba mucho y me señalaba constantemente. Y, entonces, supe que estaba perdiendo el tiempo. "Elisa no está aquí".

Y me marché.

Desde entonces, solo aguardo. Parece que el mundo se ha confabulado para exigírmelo. La sorpresa por el abandono de Elisa se convirtió en incertidumbre. La incertidumbre, en inseguridad. La inseguridad, en soledad. No obstante, algo en el fondo de mi ser me indica que estoy haciendo lo correcto. Mientras aparecen en pantalla los ojos llorosos de la huerfanita, el timbre de mi puerta suena con fuerza, despertándome de un insomnio doloroso. La cerveza tiembla en mi mano, pero soy capaz de dejarla en la mesa. Me levanto, con una cierta sensación de alivio. ¿Será Elisa?

No lo es. Dos rostros adustos me devuelven la mirada cuando abro la puerta. Son dos hombres fornidos y serios, con la crispación de la preocupación en sus caras. Me observan detalladamente antes de que uno de ellos, con voz ronca, me hable.

—Buenas tardes, señor. Policías —me enseña una placa que apenas tengo tiempo de identificar—. Nos han avisado de la desaparición de una mujer. Elisa de los Llanos. ¿Está aquí?

—No —respondo instantáneamente—. Vivía aquí. Desapareció hace dos semanas… Se fue y no volvió…

—¿Quién es usted? —pregunta el otro con mayor brusquedad.

—Su novio.

Los dos policías entrecruzan una mirada. Percibo cierta incredulidad en ella y vuelvo a sentirme indefenso. Desde la televisión, se escucha un disparo que me sobresalta. Ellos apenas reaccionan.

—Bien, señor, va a tener que acompañarnos…

—¿Saben dónde está?

—No será difícil encontrarla. Lo importante ahora es que nos acompañe…

—Yo solo quiero que la encuentren… Haré lo necesario para ayudarles.

Se vuelven a mirar. Esta vez, veo duda en los dos pares de ojos. No obstante, yo actúo rápido. Cojo una chaqueta y las llaves. Ellos me dejan hacer, esperando pacientemente. No llegan a traspasar mi umbral en ningún momento.

Me monto en el coche de policía, detrás. Supongo que me llevan a comisaría para tomarme declaración. No me importan los trámites, con tal de que Elisa vuelva a aparecer. Con tal de que todo vuelva a ser como antes. Reconozco incluso que me siento nervioso. Casi emocionado.

El rugido del coche me devuelve a la realidad. El copiloto me mira fijamente. Parece a punto de preguntarme algo, pero su lengua se detiene. No sé muy bien por qué.

—¿Está preocupado, señor? —por fin despega sus labios—. Por la señorita Elisa, me refiero.

—Muchísimo.

—¿Por qué no acudió a nosotros? —pregunta el otro, sin despegar los ojos de la carretera.

—Pensé que Elisa necesitaba un tiempo a solas. Discutíamos bastante últimamente. Ella se había obsesionado con… diversas cosas. Nunca imaginé que llegaría a ser algo tan serio.

Ambos suspiran, casi a la vez.

—Lo único que quiero es que la encuentren —me sincero, incapaz de mantenerme más—. No me importa lo que haya que hacer. Solo quiero verla y saber que está bien.

El copiloto asiente, casi con la mirada perdida. Se da la vuelta y pone la mano en la radio.

—Lo haremos, señor, se lo aseguro —promete—. Y ahora, ¿le apetece escuchar la radio? ¿Alguna canción en particular? Elija usted.

Miro por la ventana mientras los edificios comienzan a quedarse atrás. El coche ha alcanzado una mayor velocidad y me doy cuenta de que estamos saliendo de la ciudad.

—¿Tienen algo de Beethoven? —pregunto, perdido en una nube.

El copiloto sonríe. Presiona un par de botones con firmeza. Yo solo escucho el sonido metálico.

—Por supuesto —responde.

Cuando empiezan los primeros acordes al piano, no puedo evitar sonreír. Noto caer una lágrima solitaria que rueda por mi mejilla. La inseguridad parece haberse disipado. Tengo la extraña sensación de que todo marcha bien ahora. Solo se me ensombrece la frente cuando recuerdo que me he dejado la televisión encendida. *Sangre fría* estará terminando en ese mismo momento y quizás el volumen moleste a los vecinos. Lo peor de todo es que me estoy perdiendo el final. No podré contárselo a Elisa cuando nos reencontremos.

Acurrucado por los brazos de la magistral melodía, mis pensamientos se pierden en una bruma voluminosa. Lanzo un suspiro de cansancio, pero me acurruco en ella, con ternura. Mis recuerdos se acumulan en ese instante en el que todo parece volverse confuso. No obstante, logro dirigir mis últimos pensamientos y me doy cuenta de que serán mi regalo para ella.

LOBO DE MAR

Segundo premio en el XVIII Certamen Juvenil de Relatos Cortos La Roda 2021.

EL viejo capitán se sienta en su trono resquebrajado mientras el sol comienza a decaer en el horizonte. Su mirada mantiene un brillo de rebeldía que se pierde cada vez más, arrullado en la bruma de los años. Una media sonrisa decora un rostro marcado por las arrugas, dirigida a la oscuridad de la estancia, sin reflejarse en espejo alguno. Un ligero parpadeo y un ceño fruncido son la canción pausada que le sirve de fondo. Me pregunto qué pasará por su mente, qué mirará de esa forma tan apasionada y, a la vez, apagada.

La sopa humea todavía en la olla, pero él parece que ni siquiera la huele. Le gustaba caliente, pero ahora retira la lengua cada vez que siente el ardor en sus labios. Quizás le traiga el recuerdo de malas experiencias pasadas, cuando solo rendía tributo al mar embravecido y a los tritones que salían a la superficie para acompañar su sopor hasta la orilla. Carraspea y suspira profundamente mientras ocupo mi asiento, a su lado. Ni siquiera vuelve el rostro cuando lo saludo.

—¡Oh, capitán, mi capitán!

En el pasado, su timón no conocía temor alguno. Navegaba por diversos despachos sin luz natural, peleaba contra piratas canallas que solo ansiaban el oro y desoía los cantos de sirenas que escondían un hambre voraz y descontrolado. Recuerdo cuando volvía a casa, triunfador, de espaldas anchas, lo suficientemente activo todavía como para alzarme del suelo y hacerme volar. El tiempo hizo mella en su ímpetu, y las canas amenazaban con envejecer demasiado pronto un rostro todavía vigoroso. Resistió contra viento y marea hasta que el faro comenzó a fallar.

—¿Hacia dónde zarparemos hoy? —pregunto, con una risa débil—. ¿Cuál es el rumbo?

Me mira al fin, lentamente. Sus ojos se extrañan y recibo un puñal demasiado frío y mortal como para esquivarlo. Le mantengo la mirada, firme y decidido, concentrado por transmitirle toda mi fuerza.

—¿Muchacho? —pregunta, sin convicción alguna en el tono.

La marea sube a nuestro alrededor y el viejo capitán gira el rostro hacia la ventana. El sol murió hace tiempo y se llevó consigo el brillo blanquecino de una mirada cansada de luchar. Solo nos queda esperar y mirar a un horizonte que se vuelve más cercano y lejano al mismo tiempo. Nuestros corazones parecen latir como uno solo por momentos, ignorando los gritos despiadados de marineros caídos en desesperación, atrapados en cuevas de cíclopes o islas de hechiceras. Los ecos de una vieja canción irlandesa cuyo nombre desconocemos los dos nos transportan hacia tiempos pasados, donde el dolor no era tan punzante ni tenía este sabor a miel. Los hombros caídos del capitán parecen temblar durante un momento, y sé que ya ha llegado al glaciar.

—¿Muchacho? —vuelve a preguntar a la oscuridad.

Y entonces despierto de mi sopor y comienzo a hablar. Le cuento las mismas aventuras que una vez él me contó a mí. Le hablo de tesoros escondidos en islas recónditas, protegidos por horribles maldiciones. Traigo a su memoria el repetido cantar de un loro llamado *Capitán Flint*, mientras el monótono paso de una pata de palo suena sobre la cubierta. Advierto a su mano inquieta sobre un posible motín que, finalmente, es detenido por los bucaneros leales a su mandato. Y le recuerdo que el mar siempre le llevó de vuelta a casa, con su amada esposa, que lo esperaba con un plato caliente en la mesa. Y conmigo, que admiraba cada batalla que enfrentaba, la ganara o la perdiese.

—¡Oh, capitán, mi capitán! —repito, como colofón a una historia que se pierde en la espuma.

Esta vez, ya no contesta. No vuelve a abrir la boca y comprendo que se ha ido. Se ha perdido. Y yo, impotente, no soy capaz de seguir las indicaciones de un mapa arrugado para llegar hasta él.

—Papá... —susurro a la oscuridad.

La olla hierve. La sopa se queja de su prisión. Es la hora de cenar.

EL SUEÑO DEL EMPERADOR

Primer premio de Relato del Concurso Cultural CreaCIC 2019.

"LA grande y tristísima peripecia del hombre es darse cuenta de que es acabadero". Durante un instante, estas palabras recorren la mente del emperador. Observa la luna, majestuosa, imperial en el cielo oscuro de diciembre, y siente un escalofrío repentino. Gira el rostro, lanza una tos seca y vuelve a llevarse la copa de vino a la boca. No hay nada mejor que el vino para entrar en calor.

El palacio presenta un esplendor digno para la ocasión. Las columnas verdes, con raíces profundas, rodean su festín, y simplemente aguarda a que los invitados lleguen de una vez. No se preocupa en exceso por la tardanza. En su reino, los relojes se pararon hace mucho tiempo.

Observa emocionado la mesa de piedra rectangular, donde reposan los manjares más exóticos jamás imaginados. El viento sopla, juguetón y melancólico, y el emperador recuerda que debería cerrar las ventanas. Pero no lo hace. No sabría por dónde empezar. Su palacio es demasiado inmenso, y tratar de controlarlo solo serviría para quedar como un estúpido a los ojos de la luna, que lo preside y observa todo.

Rey en su reino, policía en su prisión, vendedor en su comercio, anfitrión en su sueño. El emperador solo permite que la luna juzgue sus actos. Y como siempre tarda tanto en llegar, aprovecha la estupidez y tacañería del sol para realizar sus fechorías. El sol no le ve, está ciego en su propia lucidez. El sol nunca ve nada, porque para ver hace falta oscuridad. Por eso, la verdadera vigía es la luna. Ante quien hay que rendir cuentas es ante la luna.

Seguramente esa sea la razón por la que invita a sus súbditos a los banquetes de Nochebuena, para que la luna lo vea y comprenda que, dentro de los harapos que rodean su corazón, el emperador es un hombre bueno. Con mala suerte en la vida, tal vez. Nadie debería ser emperador en contra de su voluntad, a él no le dejaron elegir. Y, sin embargo, ha mantenido fielmente sus principios, ha cumplido con sus misiones, ha caminado a través de pantanosos caminos con el fin de mantener la esperanza día tras día. Y ahora alza el rostro a la luna, mientras espera a sus invitados, y sonríe. "¿Qué más esperas de mí? ¿Por qué no acaba esto de una vez? ¿Por qué no esta noche?".

Los privilegios de los que ha gozado han sido insospechados, debe reconocerlo. Jamás pagó por alojamiento o comida. Jamás tuvo que dar explicaciones a nadie ni hablar con curiosos impertinentes. Jamás alzó la voz más de lo necesario. Es más, recuerda que hubo días en que ni siquiera abrió la boca. La grandeza de un buen emperador radica en hablar cuando se debe. Y en el mundo en que vivimos, nadie quiere oír lo que un emperador tiene que decir, porque molestaría a nuestra comodidad egocéntrica.

Su palabra es la ley. Ha sido consciente de ello y piensa mantener esa certeza hasta el abrazo final. No puede evitar una nueva tos de impaciencia, mientras sus manos amarillas tiemblan débilmente. Si pudiera encontrar a Puck, le ordenaría cerrar las ventanas. Pero él, vivaracho y rebelde, probablemente le respondería con sorna: "Si nosotros, sombras, os hemos ofendido, pensad esto, y todo queda arreglado: que no habéis sino soñado mientras estas visiones surgieron".

Suelen tardar, es cierto. Cada nochebuena pasa igual. El banquete se enfría y el emperador solo piensa en dormir. Quizás es una postura egoísta. ¿Quién duerme cuando espera invitados? ¿Quién duerme cuando lleva las mejores galas pegadas al cuerpo, mordiéndole las entrañas? Las únicas posibles, por supuesto. Cuando se está esperando a unos invitados tan distinguidos, uno debe saber cómo actuar y cómo presentarse. Y los modales del emperador, aunque algo anticuados, se mantienen correctos. Igual que antes, cuando todo tenía un sentido. O cuando parecía tenerlo.

Se vuelve a llevar la copa a la boca. Las últimas gotas del vino picado rociaban sus labios antes de extinguirse en la nada. Aquel último recuerdo de su existencia le empuja a una idea extraña y oscura. "La melancolía de la fugacidad de la vida no me ha afectado en todos estos años y ahora, esta noche, parece ser lo único que existe, lo único que importa". Y suspira, sin poder evitar un eructo demoledor que recorre sus entrañas. El emperador observa su reino. "¿Qué harán sin mí? ¿Seguirá girando todo igual?".

La respuesta le llega concisa, clara, transparente. Sí. Ni siquiera un emperador puede parar el tiempo. Hay fuerzas superiores contra las que no se puede luchar. Los poetas han gastado ríos de tinta para hablar de ellas: la muerte, el amor, el destino, la pobreza… El emperador lo asumió hace tiempo. Todos ellos tenían razón. Quizás lo mejor sea dejarse llevar. Ya no queda vino y el frío no hace más que intensificarse…

Antes de cerrar los ojos, el emperador se da cuenta de que ha llegado el primer invitado. Lleva un extraño uniforme y no articula palabra. Solo le mira detenidamente, como si quisiera concienciarse de que está consciente. La vergüenza recorre el rostro del emperador: no debería haberse dejado vencer por el cansancio que le ha obligado a tumbarse en su mesa-cama de piedra.

—¿Caballero? —inquiere el invitado.

El emperador consigue sonreír tímidamente. Hacía mucho tiempo que nadie le llamaba así. Logra robar un último instante a la luna inquieta para observar, por última vez, su reino fiel. Y se enorgullece porque, al menos, la libertad fue un decreto real durante su mandato. Eso no habrá nadie que se lo quite.

—Oiga… ¿Me escucha? ¿Se encuentra bien?

Como si se tratara de un sueño, el travieso Puck baja el telón tras una carcajada juguetona. Y, en medio de la oscuridad y el frío, el emperador pone fin a su mandato.

CASA DE MUÑECAS

CUANDO llegaban las ocho y diecisiete de la tarde, siempre jugábamos a lo mismo. Yo abría el armario, donde la seda descansaba y soñaba con el tacto de la piel, y ella escogía un vestido. Cada color traía consigo un sentimiento: el rojo y su inusitada pasión, difícil de controlar; el verde esperanzador, lleno de ilusiones por un futuro que se vislumbraba entre la bruma; el amarillo, cuando íbamos al teatro, como descarada ofensa; y el azul, para ocasiones especiales donde se mezclaban los nervios, los sueños y la incertidumbre.

En los instantes previos, todos se miraban y alguno se atrevía a iniciar una apuesta. ¿Qué le esperaba a la afortunada en aquella futura velada? Fuera lo que fuera, el azul siempre se mostraba tranquilo y confiado: "las ocasiones importantes, vitales, son mías". Y era cierto. Su primer amor la conoció en un café, como en las antiguas películas en blanco y negro. Pero aquel fotograma presentaba un único color: el azul de su vestido, a juego con su mirada intensa. Después, su primer beso. Su primera ruptura. Su primera reconciliación. Sus primeros planes de futuro juntos. Azul, azul, azul… El propio nicaragüense ya lo había anticipado muchos años antes. No hay nada como el azul… Por eso, cuando aquel día sus manos lo eligieron una vez más, apareció una sonrisa de autosuficiencia, dibujada entre insignificantes arrugas.

La verja abierta del gran caserón realizó una reverencia al verlos marchar. El sol se había ocultado, incapaz de competir con la belleza personificada. Y la oscuridad, envuelta una vez más en la niebla, se hizo con la ciudad mientras un sonido de pisadas dubitativas marcaba el eco de su delicado avance. Nervios. Sueños. Incertidumbre.

Un estruendo pareció acabar con el silencio opaco que se había adueñado del mundo. Una vez, y otra, y otra. Con un ritmo envidiable, todo lo llenaba la espuma. La vida, pero también la muerte. Los pasos se aceleraron entonces y, con una dulzura de muñeca, los dedos rozaron la arena y dibujaron sobre ella la sombra de un espejismo que el mundo había dormido. Un suspiro, una caricia, un beso fugaz, olvidados en medio de un torbellino donde otra más joven, más lista, más rica, más azul, ahora triunfaba.

El olor de la sal, todavía alegre, inundó la noche durante un instante. Y la luz de la luna se hizo más poderosa y reflejó sobre ella una estrella que cargaba sus ilusiones. Y, por un instante, retrocedió. Ya no había arrugas en el vestido. Pero la niebla volvió a aparecer una última vez. Poderosa, altanera. Las manos le temblaban. De repente, cada paso que daba le helaba el cuerpo. Hasta que el azul no se distinguió a sí mismo del abismo. En ese momento comenzó la desesperación real. Porque supo que no volvería a deleitarse ni jactarse de sus triunfos. Porque supo que solo había un color mucho más poderoso que cualquier otro que osara desafiarle. El negro.

Yo vi sus pasos, vi su decisión, vi su incertidumbre hasta el último momento. Cuando dejé de distinguir su azul, supe que nunca más serían las ocho y diecisiete. Desde entonces, el armario solo ha acumulado polvo. El vestido rojo y el vestido verde se quedaron dentro. Y el amarillo, claro. Aquel día no había teatro.

Es curioso. Ha pasado mucho tiempo, pero debo reconocer que llegué a pensar que las muñecas podrían flotar eternamente y que el mar siempre sería azul.

Aquella noche se demostró que estaba muy equivocado.

LA VIAJERA

*Primer premio del XXVIII Concurso de Relatos
Cortos de Camargo 2021.*

SIEMPRE me ha gustado viajar en autobús de noche, rodeado de silencio y oscuridad, con ciudades muertas como testigos. Son esas pequeñas sensaciones, propias de los olvidados, las que me han dado el único placer al que puedo aspirar en esta etapa de mi vida. Y no me importa entrar a trabajar dos horas después de mi llegada a Madrid, sin tiempo para el descanso. Un cadáver no necesita descansar.

Todas las semanas realizaba el mismo trayecto. El viernes, después de la última clase con energúmenos cargados de testosterona a los que no les importaba lo más mínimo quién era Quevedo, cogía el autobús que me llevaba de Madrid a un pueblo olvidado y perdido de La Mancha. Pasaba allí el fin de semana, encerrado en la casa de mi infancia, leyendo algún libro. De vez en cuando, me animaba a marcar aquel maldito número, grabado a fuego y sangre en mi memoria. Nadie contestaba nunca, pero eso no me sorprendía. Una vez llegado el domingo, cogía el último autobús, el que más tarde salía, y llegaba a Madrid a las siete de la mañana. Y allí, entregado a mis pensamientos y recuerdos fantasmales, me dejaba ir.

El único motivo que me hacía volver al mundo de los vivos era el conductor, el señor Sabino. Se trataba de un hombre ya entrado en años, con una sonrisa condescendiente siempre preparada, pero serio en su trabajo. Nunca, bajo ningún concepto, apartaba los ojos de la carretera. Yo me sentaba lo más cerca posible de él, porque me amenizaba la noche. No lo hacía con sus historias, sino con su silencio atento. Yo hablaba y él escuchaba.

—La niña sigue sin querer verme, Sabino —le decía—. Se ha empeñado en que no y no hay manera. No sé qué le habrá contado la madre, pero conmigo no quiere nada.

—Eso es tiempo, ya verá usted —me contestaba, sin desviar lo más mínimo la mirada de la carretera.

—Al nene por lo menos lo veo, los miércoles por la tarde. Menos es nada. No se crea usted, que aguantar sus tonterías de adolescente da bastante dolor de cabeza. Pero lo estamos intentando, los dos. Volver a la normalidad, ya sabe.

Yo no sabía casi nada de Sabino. No veía en él a alguien que pudiera tener algo interesante que contarme. Tan solo era un receptor. El modelo arquetípico de receptor. Si buscáramos la palabra "receptor" en el diccionario, debería salirnos la cara rechoncha de Sabino. Pero yo lo agradecía, no necesitaba más. Mientras la luz y la oscuridad bailaban un tango irregular por el autobús, yo sacaba al exterior mi miseria interna. Y Sabino asentía, solo asentía.

—Lo que usted necesita es distraerse —me dijo en una ocasión—. Anda que no hay pasatiempos por ahí. Elija alguno y concéntrese en él, descanse la mente.

—Pero Sabino, por Dios, ¿qué me está diciendo? Tengo mucho que hacer como para perder el tiempo con tonterías. Y soy especialista en perder cosas, no se crea… No me apetece perder nada más. No me apetece perder.

Apenas un suspiro, una exhalación. Yo no necesitaba más, Sabino no tenía por qué darme más. Y él lo sabía. Era de esos hombres que saben más de lo que parece, que comprenden más de lo que imaginamos.

—Llevo media vida conduciendo este autobús, he visto de todo —me comentó en otra ocasión—. Saldrá de esta, es solo un mal bache. Pero debería usted poner un poco de su parte. ¿Por qué no practica algún deporte? ¿No le gusta el fútbol?

—Ni me lo mencione —casi sin darme cuenta, solté una carcajada estridente—. Pan y circo, Sabino.

—Pues a mí mi Atleti me alivia los fines de semana —no le vi, pero noté que sonreía—. El Cholo, hombre, el Cholo. Y este año vamos a ganar la Liga, ya lo verá. Ese tipo de cosas lo despistan a uno. Lo ayudan a desconectar un poco. Que bastante mal están las cosas ya…

—Pan y circo —le cortaba yo—. Ni Atleti ni atleta. En mis tiempos yo era del Madrid, un forofo en toda regla, no se crea. Pero todo ese mundo está lleno de apelativos que a uno lo echan para atrás. Que si facha, que si franquista, que si… La vida es la que es. Y no es bonita. Mejor afrontarla sin despistes inútiles.

No me importaba no dormir, no me importaba viajar tan tarde. Me apetecía hablar con Sabino después de toda la semana hundido en mi martirio diario.

—Recibí un mensaje. Era de ella —le dije en otra ocasión—. Que dejara de llamar. Que la dejara en paz. Sabino, esta vida es una miseria. Aquí siempre ganan y pierden los mismos.

—Pero, hombre, no será tanto…

—Y el pijo, Sabino, el pijo me remata. Que estará con ella a todas horas. Y yo le decía que tuviera ojo con ese. Y ella que no, que qué cosas decía, que después de veinte años conmigo cómo pensaba esas cosas. ¡Veinte años! Sabino, todas las mujeres son iguales.

—Usted sabe que eso no es verdad —decía, sin despegar los ojos de la carretera.

—¡Todas! Cuando te ven bien, cuando tienes éxito, todo lo que tú quieras. Pero cuando entras en problemas… ¡Ay, Sabino! Le envidio yo a usted, no se crea. Usted no tiene estas preocupaciones, estas losas que lo entierran a uno en vida.

—Cada uno carga con su cruz…

—¡No se me ponga católico ahora, Sabino! Que hay cruces y cruces. Y cuando se repartieron, yo debía de estar en primera fila. Y sin darme cuenta, con lo despistado que soy...

Recuerdo un viaje en especial. Sabino estaba más hablador que nunca, rozaba la euforia por la emoción. Y todo por el dichoso Atleti.

—Ganar o empatar, lo mismo dará —me decía—. Un partido más y la Liga se queda en el Calderón. El Cholo, hombre, el Cholo. Esto es muy grande.

—Vive usted alienado —le decía yo—. Céntrese en su vida, hombre. Bastante ganan ya los futbolistas como para encima ganarse su admiración.

Pero era contagioso. He de reconocer que ese fin de semana, después de mucho tiempo, estuve pendiente del partido del Atleti. Y cuando, finalmente, ganó la Liga, yo solo pensé en Sabino. ¡Lo que estaría disfrutando! ¡Mentes y corazones sencillos de llenar, qué envidia les tengo! Que nadie se atreva a decir lo contrario: la ignorancia humilde es la que da la verdadera felicidad. Si un balón rodando y veintidós niños ricos corriendo detrás de él son capaces de hacer feliz a un hombre, ese hombre será el más afortunado de la Tierra. Yo, por mi parte, no caeré en esa trampa.

Ese fin de semana se me olvidó llamar a mi mujer.

Cuando cogí el autobús para volver a Madrid, me recibió un rostro despierto y tranquilo, de esos que logran ganarse pronto tu confianza. Y joven, mucho más joven que Sabino. Apenas cambié la expresión al coger el ticket que me ofrecía el nuevo conductor. Me senté, perplejo, y estuve callado durante todo el trayecto. O lo intenté. No pude evitar, cuando faltaba poco para llegar, preguntarle:

—Perdone, ¿Sabino está enfermo?

El muchacho negó con la cabeza.

—¿Era amigo suyo? —me inquirió.

—No, no. Es solo que llevo mucho tiempo haciendo este trayecto y siempre había conducido él.

—Ya no será así —me miró, apartando durante un momento la vista de la carretera—. El señor Sabino murió ayer. Lo encontraron en su casa. El pobre hombre se había colgado.

Silencio. Apenas fui consciente de las siguientes palabras del muchacho.

—Una tragedia, ha sido un palo muy duro para todos los que le conocimos. Parece ser que le detectaron cáncer de páncreas hace unos meses, pero aquí nadie sabía nada. Supongo que iba mal y que llegó un momento en el que decidió dejar de sufrir. Y sin nadie en el mundo, siempre tan solo…

Me recosté en mi asiento. Podría ponerme poético, decir que mi alma se resquebrajó en mil pedazos, que la pérdida de Sabino descompuso lo poco que me quedaba de corazón, o algo así. Pero no sería cierto. Simplemente, me quedé sentado, con los ojos muy abiertos, ignorando la entrada a Madrid, que actuaba como testigo fúnebre de mi perplejidad. Apenas fui consciente de que el joven conductor encendía la radio, y las palabras del locutor me llegaron aisladas, lejanas, inalcanzables:

—*Increíble. No hay otra palabra para describir la hazaña que el Atleti del Cholo ha logrado esta temporada…*

Capítulo 3

EL SUEÑO DE LA RAZÓN PRODUCE MONSTRUOS

QUEMAR DESPUÉS DE VELAR

NO conocí a la señora Corominas todo lo que me hubiera gustado. Cuando llegué al tanatorio, una excesiva cantidad de ojos me observaban con una curiosidad que rozaba el insulto. Se me erizó la piel ante miradas sibilinas, que mezclaban la astucia de un zorro con la maldad escondida de un gato. Porque sí, señores, los gatos son malvados. Y quien diga que no, es uno de ellos.

En cualquier caso, avancé hacia el féretro abierto donde la señora Corominas descansaba. Mi primera sensación fue de total incredulidad. Sus arrugas parecían haber desaparecido. No encontraba ni rastro de la mirada de bondad, enmarcada en líneas desordenadas, que me había recibido en su casa hacía apenas un mes. Y sus labios, pintados con ese carmín rojo chillón que parecía animar al cadáver a bailar sevillanas, me dieron verdaderas arcadas. ¿Qué le habían hecho? La señora Corominas odiaba el pintalabios, nunca habría querido que su última imagen en el mundo de los vivos se coloreara de aquella forma tan cínica. Aunque, bueno, viéndolo con cierta perspectiva, probablemente su última imagen en el mundo de los vivos fue la más común: unos ojos desorbitados, boca abierta por la sorpresa y un momento de expiración final al ser tocada por el dedo índice del *Ángel de la Muerte*.

Olía raro, olía a viejo. Cuando me di la vuelta, incapaz de mantener mis ojos en el rostro de la señora Corominas, me sorprendí de ver que una juventud insultante reinaba en la sala. "Los sobrinos", pensé. Nunca había presenciado la actividad de una manada de hienas al encontrarse con un cadáver todavía caliente. Fue una visión interesante: las hienas eran atractivas, probablemente tenían un máster en técnicas de interpretación. Pero traté de no achantarme. "Tampoco es para tanto", pensé. Hoy en día, cualquiera tiene un máster.

Dispuesto a seguir con el protocolo requerido, paseé con una sonrisa de condolencia ante los familiares de la señora Corominas. Les di la mano a todos, hombres y mujeres. No quería besar a nadie, no había necesidad. Y ellos tampoco querían, lo supuse. Las lágrimas de aquellos que no habían podido contenerse se detenían milagrosamente cuando yo me acercaba.

—Le acompaño en el sentimiento. ¡Qué pena! Ahora está en un lugar mejor. Por lo menos no ha sufrido —era mi ingenioso repertorio.

Nadie me hablaba más de lo necesario, algunos únicamente inclinaban la cabeza, intentando hacer entender a mi escasa percepción que, por lo menos, me habían escuchado y que estaban de acuerdo con mis palabras. No pude evitar soltar un suspiro de resignación al terminar la ronda de pésames. Convenciones, convenciones…

Apenas fui consciente de que un joven se me acercaba, con un brillo en la mirada impropio de quien está de luto. Por lo menos, iba de negro. Palmeó mi espalda para llamar la atención.

—¿Es usted Ángel?

—El mismo.

—¡Vaya por Dios! Al fin nos conocemos. Eugenia hablaba mucho de usted.

Mi mirada inquisitiva se desvió hacia el cadáver de la señora Corominas durante una fracción de segundo. Me pareció ver saltar un destello blanco de sus ropas funerarias y pedí un deseo de forma estúpida.

—¿Y usted quién es? —inquirí.

—Soy su sobrino, Miguel.

Caí en la cuenta.

—El que la encontró —suspiré—. Debió de ser un golpe muy duro.

El brillo de la mirada de la hiena apenas se alteró. "Este no sacó buena nota en el máster", pensé.

—Sí, lo fue. Una lástima, yo quería mucho a la tía Eugenia. Pero me alegro de que sus últimas semanas las pasara con usted. Llevaba tiempo necesitando de alguien que la cuidara. Usted fue un ángel caído del cielo para ella, nunca mejor dicho.

—Hice mi trabajo, nada más...

—No, ni por asomo —*Miguelín* amplió su sonrisa y le dio un toque de emoción a la voz que, durante un instante, me sorprendió de verdad—. Todos le estamos enormemente agradecidos. Por unas circunstancias o por otras, ya sabe, nosotros no podíamos con la tía... Pero sabemos que con usted no le faltó nunca nada.

—Eso era lo que quería, ni más ni menos.

—Pues lo logró, no le quepa duda. Por cierto, ¿cuánto tiempo exacto estuvo usted con ella?

—Treinta y dos días, si no me fallan las cuentas.

—Vaya, debió conocerla bien. Y ella a usted.

—Sí, la verdad es que congeniamos muy bien —me estaba poniendo extrañamente nervioso, casi me temblaba la mano. No le encontraba explicación lógica, pero aquel muchacho me ponía los pelos de punta.

—Por curiosidad, nada más, ¿le habló alguna vez de mí? ¿Del pequeño *Miguelín*?

—No —mentí—. Su tía ya no hablaba mucho, apenas cruzaba cinco frases al día conmigo. Pero estoy seguro de que los llevaba a todos en el corazón. Y, donde quiera que esté, velará por ustedes.

—Sí, yo también estoy seguro de ello —los ojos de *Miguelín* ya no sonreían, pero su boca sí—. En todo caso, una vez más, gracias por todo lo que hizo por ella. Y que sepa que yo no soy como los demás. Usted tiene mi eterna gratitud, ya le he dicho que quería mucho a la tía Eugenia. Y todo lo que decidiera en vida, yo lo acepto tras su muerte.

Asentí. No hablé. Quería irme.

—Aunque he de reconocer que me sorprendió. Un poco a todos, ¿no lo cree? —parecía que le habían dado cuerda, me estaban dando arcadas—. Seguramente a usted también, ¿no es verdad?

—Su muerte fue una tragedia, sí…

—Me refiero a su testamento.

Le miré borrando todo atisbo de cordialidad de mi rostro. Ya sabía yo que me olía mal. Las malditas hienas siempre atacan cuando el cadáver sigue caliente. Pero yo no tenía por qué aguantar aquello.

—Lo que la señora Corominas decidiera o dejase de decidir fue cosa suya —contesté con la mayor frialdad posible—. Si tanto les preocupaba, a usted y a todos, sus bienes materiales… Deberían haberla cuidado un poco en vida, ¿no cree? Hubiera sido un bonito detalle. Yo no tengo nada más que decir. La señora Corominas se ha ido, y eso es lo que a mí más me duele, no me importa nada más en este momento. Pero, por desgracia, me da la sensación de que soy el único en esta sala con esta opinión.

No esperé a oír su respuesta. Me marché de allí, con el abrigo en la mano y un nudo en la garganta. A aquel maldito pueblo le encantaba hablar, le encantaba cuchichear. Y yo, tan independiente, había hecho de tripas corazón al decidir acercarme al tanatorio, sabiendo a lo que me exponía. Pero me daba igual. La señora Corominas se había ido, aquella anciana gentil y solitaria a la que había cuidado durante más de un mes ya no estaba. Y eso era lo único importante, darle mi último adiós, aunque los sobrinos se me echaran encima de aquella manera.

Pero los nervios me fallaron durante el trayecto a mi casa. Yo no me merecía este trato difamatorio. Y, por primera vez, realmente me arrepentí de haber apretado aquella almohada contra el rostro inocente de la señora Corominas.

TELARAÑAS

"Mosca revoltosa. ¿Por qué llorará?".

Gollum

DESPIERTO entre sudores fríos, con la respiración algo agitada. Otra vez ese maldito sueño que me representa como un insecto indefenso atrapado en la red de una araña de patas largas. No me gustan las arañas, siempre me han dado asco. Esa forma de contonearse y moverse me da escalofríos.

Intento controlarme, no quiero despertar a Martina. Siguiendo un ejercicio estúpido que un antiguo maestro de yoga me recomendó, acompaso mi respiración a la de mi mujer. Está tranquila, probablemente no esté soñando con nada. Envidio esa falta de sueños. Creo que ese es mi principal problema, creo que eso es lo que me impide ser feliz: sueño demasiado.

Con cuidado, me incorporo y me siento en la cama. Ha sido más intenso que otras veces. Durante un momento del sueño, me ha parecido sentir realmente que no podía respirar. Y esas patas, atentas a cualquier vibración de la tela, se cernían sobre mí, me quebraban mis preciosas alas. Y esa boca salivada, recubierta de veneno, dispuesta a paralizarme para devorarme más despacio…

Siento náuseas con solo recordarlo. Necesito aire, me estoy asfixiando. Cuando me pongo en pie, el suelo cruje, quejándose de mi peso. He engordado en los últimos meses, Martina me lo recuerda cada día: "Te estás dejando, Agustín". Yo creo que lo que me pierde no es la comida, sino el trabajo. Están apretando mucho en las últimas semanas y yo me desahogo con el frigorífico. El pobre Marcelo ni se esperaba el cese. Recuerdo verlo marchar hacia fuera como una hormiga desterrada. Fue una visión triste…

Me acerco hacia la silla, donde mi ropa descansa. Bendita silla. Martina la detesta, me dice que no soy ordenado, que dejar la ropa en una silla es de ser un cerdo. Puede que Martina tenga razón, pero en este momento gozo de un punto incuestionable a mi favor: la ropa está aquí mismo. Ante la oscuridad de esta cueva que tengo por apartamento, es una ventaja muy grande saber dónde están las cosas.

Primero me pongo los pantalones. Ya no sudo tanto, por suerte. Parece que se me está pasando el susto, pero necesito salir un rato. Aire fresco. Me falta el oxígeno en este piso. Martina me tiene dicho que eso es de fumar tanto. Además, te amarillea los dedos y los dientes, y queda fatal cuando toco la guitarra. Bueno, cuando tocaba la guitarra, porque lo dejé hace un año. "Mejor, porque vaya dedos que tienes, hijo", me decía Martina.

La camisa y el jersey me cuestan un poco más. Tengo que mover el cuerpo y hago ruido. Oigo un suspiro que viene de la cama y, durante un momento, me quedo helado. Martina tiene muy mal despertar. Cuando empezamos a vivir juntos, yo era propenso a buscar su desvelo mañanero de forma cariñosa. "Si tienes ganas, métete en el baño, pero a mí déjame en paz".

Me ato los cordones de las deportivas, que descansan debajo de la silla. Debería correr más, Martina me lo tiene dicho. Yo antes quería participar en maratones, era una de las metas deportivas de mi vida. "¡Alma de cántaro, bastante será que avances cien metros sin ahogarte!", me decía Martina. Tenía razón. Hay que ser realista.

Avanzo hacia la puerta todo lo despacio que puedo. Tendría miedo de caerme con algo, pero en mi apartamento apenas tengo muebles. No estamos para gastos tontos, y menos con lo que están apretando en el trabajo. El trabajo, siempre el trabajo. Con lo que a mí me hubiera gustado irme de gira con el grupo de *heavy metal* que teníamos. "A dormir en la calle y comer basura, a eso os va a llevar, Agustín. Quítate esas cosas de la cabeza". Tengo que ser sincero, menos mal que encontré a Martina. Soy de esas personas que necesitan a su lado a alguien que les haga mantener los pies en la tierra.

Abro la puerta y me dispongo a salir. Sin embargo, no soy capaz, me quedo paralizado en la entrada. El sudor frío está volviendo, mi corazón se acelera con un terror injustificado y extraño. Oigo cómo Martina se mueve en la cama, rozando las sábanas con su cuerpo, produciendo un siseo extraño que me pone la piel de gallina. Algo me dice que está despierta, que no he logrado ser lo suficientemente silencioso. Respiro hondo y vuelvo a cerrar la puerta. Tengo que dejarme de tonterías. Solo ha sido una pesadilla.

A pesar de que recupero el autocontrol y camino de nuevo hasta la cama, mi imaginación enferma aprovecha un último momento de duda para reírse de mí. Y, durante un instante que se me hace eterno, tengo la extraña sensación de que ocho ojos brillantes vigilan con detenida atención cada uno de mis movimientos.

EL BUEN ANFITRIÓN

"Mi gran T".
Antonio Mogort

NO había oído llamar al timbre. Estaba leyendo las últimas noticias deportivas. Cuando alcé la vista, vi correr a mi mujer hacia arriba. Oí a mi niña llorar, siempre lo hacía cuando alguien entraba en casa. Me levanté e incliné la cabeza ante mis invitados. Ningún anfitrión debe nunca olvidarse de sus invitados.

El señor F me sonreía con condescendencia. Comprendía mi despiste. Le agradecí esa buena voluntad al tiempo que le tendía la mano. Era fuerte, el señor F. Casi me hizo daño cuando me la estrechó. Su sonrisa se ensanchaba. "Buenas noches", le dije con un hilo de voz. El señor F asintió mientras el señor A y el señor L se me abalanzaban con excesiva efusividad. "Siéntense, la cena estaba ya a punto", añadí.

Rieron, parecían felices. El señor F me señaló y, tras su brazo, aparecieron el señor N, el señor G y el señor E. Habían venido todos. Me consideraban importante, no solían venir todos. Eso me había contado Joaquín antes de irse, aquella misma tarde. "No suelen venir todos".

Me ayudaron a poner la mesa. Mi torpeza hizo que derramara vino sobre el mantel. "¡Pero, hombre, es blanco!", se lamentaba el señor F. "Lo siento", me disculpé. Aún así, volví a mancharlo. El vino sale muy mal. Era una tragedia.

"¿Dónde está mi mujer?". Vi al señor N y al señor L subir las escaleras. Iban a buscarla. "Dicen que su mujer tiene una risa muy bonita, ¿es cierto?" me preguntó el señor F. "La más bonita", contesté. Mi niña seguía llorando, yo la seguía oyendo. "¿A qué colegio va su nena?".

97

El señor E traía el pollo. Pero debió tropezarse. El pollo cayó al suelo. Menos mal que mi mujer no estaba allí para verlo. El señor E se reía de su torpeza. "No se preocupe, no tiene importancia". Todos llevaban bastón, pero ninguno se apoyaba en él. "Dénmelos a mí, los guardaré bien", me ofrecí. Se negaron cortésmente. Les gustaba empuñar el bastón. "¿A qué colegio va su nena?".

"Hemos venido hace poco", trataba de explicarme, pero mi lengua estaba hinchada y se me trababa. Las luces tintineaban, la oscuridad se estaba adueñando de mi salón. "Tengo que cambiar las bombillas", pensé. "¿Conoce usted a Joaquín?", me preguntó el señor F. "Lo conozco", dije. "Es inteligente. Por su bien, haga usted como él", la sonrisa del señor F no desaparecía.

"¿Dónde está mi mujer?". Ya no me acordaba de su risa. Mi niña ya no lloraba. Aunque puede que fuera aquel pitido lo que me impedía oír. Tosí de repente. "¿Está usted acatarrado? Será por el clima de España, no todos lo toleran igual. Por cierto, ¿de dónde viene usted?". La cena se estaba acabando y nadie limpiaba el mantel. "Hay que echarlo a lavar", me decía el señor F. "Es blanco, y el rojo sale mal".

Se levantaron todos, con los bastones en la mano. Se habían arremangado durante la velada. El señor N y el señor L bajaron las escaleras. Mi niña no lloraba ya. Ellos la habían calmado. "¿Dónde está mi mujer?". Reían. El señor F me volvió a estrechar la mano. La luz tintineaba. "Haga como Joaquín, por su bien. No hay nada como el hogar".

Se fueron. Me quedé solo, con el pitido. Saqué mi lengua hinchada. El vino corría también por mi rostro. Pero era un vino malo, salado. No me gustaba su sabor. Deberíamos haber comprado otro vino para la ocasión. Seguramente, a los invitados les habría gustado más otro vino. Y ningún anfitrión debe nunca olvidarse de sus invitados.

INVITA LA CASA

"Wendy, he tenido un sueño horrible".
JACK TORRANCE

CUANDO llegué a la fiesta, predominaba ya un ambiente de júbilo difícil de detener. Carcajeé levemente cuando la conga pasó a mi lado y observé el espectáculo con un cierto aire nostálgico. Una gran cantidad de personajes de distinta índole se agarraban las caderas y movían el cuerpo al son de la música: desde mujeres con cuidados vestidos de lentejuelas hasta hombres que acompañaban sus esmóquines con máscaras que ocultaban sus rostros. El olor a alcohol parecía llenarlo todo. Me apoyé en mi muleta y continué hasta la barra, donde Pepe, *el Cotilla*, ya me sonreía.

—¿Cómo va esa cojera? —fue lo primero que me espetó.

Yo moví mi mano libre con desparpajo. "Así, así". Pepe asintió, comprensivo, mientras sus ojos se desviaban momentáneamente para observar su local. Lleno, por fin.

—Han sido meses muy difíciles —me confesó—. Realmente pensé que nunca volvería a verlo todo así de bien.

—Todo pasa, Pepe —le consolé.

—Ya, pero ha sido un bicho muy malo, eh. De los gordos, como decían en mi pueblo. Estos meses se me han hecho eternos, tan solo en mi casa…

—A veces, viene bien la soledad —apoyé la muleta en la barra y me senté en el taburete carcomido—. Te permite ver las cosas desde otra perspectiva.

Pepe, *el Cotilla*, carcajeó con ganas.

—Demonios, claro que sí —se limpió las manos con asiduidad, sin dejar de mirarme—. ¿Qué te pongo?

Respiré hondo. Yo también había esperado muchos meses este momento.

—Hay que celebrar el final del confinamiento, Pepe. El final de la pesadilla. Ponme un ron con Coca-Cola. Pero Barceló, no me seas tacaño.

Me di cuenta de que Pepe dudó durante un instante. Una leve sombra atravesó su mirada y, por primera vez desde que había puesto el pie en el bar, me sentí incómodo. Me lo debió notar.

—Tienes razón, Marcos —asentía con vehemencia, arrepintiéndose de aquel momento en el que la sinceridad de sus pensamientos traicionó la fachada amoldada de su rostro—. Hay que celebrar.

Me lo llenó hasta el primer hielo y yo sentí que mis labios se resecaban. A mi alrededor, la música cambiaba a un vals romántico que provocó que las parejas se hicieran con el protagonismo. Aquello era lo mejor del bar de Pepe, *el Cotilla*: tan pronto te hacía bailar *reggaetón* como música clásica. Corría incluso la leyenda de que la última canción debía ser siempre de iglesia, una canción religiosa. "Invita a la gente a marcharse", carcajeaba Pepe. Yo no lo sabía a ciencia cierta. Hacía demasiado tiempo que no cerraba ningún bar. Melinda me lo había hecho jurar.

A mi lado, una mujer se balanceaba en su taburete con cierta amenaza. Sentí cómo me observaba con curiosidad. Llevaba un vestido largo y negro que resaltaba su figura. Entre trago y trago de su Martini, hipaba sin disimulo. Cuando Pepe me dio mi ron, la miré fijamente y alcé la copa en señal de brindis. Ella devolvió el gesto.

—Bueno, Marquitos, cuéntame, ¿qué tal la familia? —insistía Pepe, haciendo honor a su mote, mientras limpiaba un vaso alto.

—Han sido meses largos —admití—. Laurita lo ha pasado regular.

—¡Anda que no habrá estado ocupada con el *telecole*!

—Sí, una cosa no quita la otra —bebí un sorbo largo antes de continuar, echando una mirada furtiva a mi muleta—. Pero llega un momento en que la monotonía te mata, ¿sabes? Se puso insoportable, muy respondona. No había ni un momento de silencio. A Melinda la sacaba de quicio, aunque no me lo dijo nunca.

—Tienes una mujer muy cautelosa. Y muy bonita.

Asentí, sin poder evitar un erizamiento de piel. No me gustaba que hablaran de Melinda, aunque dijeran cosas buenas. Carraspeé y vacié mi copa. El ron recorría con avidez mi garganta y sentí el fuego interno. Al principio, un sudor frío me recorrió la frente, lo noté. Pero, una vez asegurado en mi posición, deseé más. Pepe me entendió inmediatamente y no tardó ni veinte segundos en servirme el siguiente cubata.

—La convivencia tiene sus cosas, ¿sabes? —continué mientras, a mi espalda, el vals daba paso a una canción pop de los años noventa que no reconocí—. Cuando todo parece ir bien, llegan las dudas. Y el bicho este no nos ha ayudado mucho. Cada día igual: que si nuevos contagios, que si subía el número de muertes… Te juro que hubiera dado mi alma por un trago. Muchas veces, es lo único que me tranquiliza.

—Desde lo que pasó, has mejorado mucho —me admitió Pepe, carraspeando con cierta incomodidad—. Ni una gota. Tu mujer ha tenido que reconocértelo.

"Solo he recibido dudas", pensé. "Dudas y más dudas. Melinda no me da tregua. Soy un pecador condenado a revivir mis errores eternamente". Pero respiré hondo y apuré mi segundo cubata antes de responder.

—No he vuelto a conducir así con Laurita. Te lo juro, Pepe. No desde entonces.

—Lo sé, Marquitos, claro que lo sé —el sudor de la frente de Pepe se acrecentaba y observé, con cierto desagrado, cómo se lo restregaba con la mano—. Y eso que, a veces, los niños se merecen una buena corrección. No sé si me entiendes… Son ángeles del cielo, claro que sí, pero de vez en cuando no conocen los límites. Como aquel día, que no paraba de moverse a tu lado. Y te despistó, normal.

—Sí —suspiré, pidiendo mi tercer cubata, olvidando el sudor de Pepe que ahora debía correr por su mano—. A veces se merecen un correctivo. Y al final es el padre el que se lo da. Por amor, no me vayas a malinterpretar. Quiero a Laurita más que a mi propia vida. Pero si tengo que corregirla, la corrijo.

Una vez más, miré mi muleta. Me pareció lejana. También el bullicio del bar parecía haberse calmado. "Debe de ser el ron", me dije. "Estoy bebiendo demasiado deprisa".

—¿Y Melinda? —Pepe preguntó detenidamente, mientras la tercera copa aparecía ante mis ojos—. ¿Cómo se toma eso?

—Mal —admití, acariciando el borde del vaso y chupándome luego el dedo—. No lo ha entendido. *No ha querido entenderlo.* Yo solo necesitaba un momento de calma, de soledad. Para verlo todo con perspectiva.

—Claro que sí, Marquitos, es natural…

—Y la niña no dejaba de berrear porque le dolía. Yo solo quería que se callara, ¿comprendes?

—Claro que sí, Marquitos, es natural…

Definitivamente, el ron parecía haberme acurrucado entre sus brazos. Unos brazos fríos, sin ápice de cariño. Las palabras de Pepe me llegaban lejanas y la fiesta, poco a poco, parecía quedarse muda. No había vuelto a coger el coche con Laurita. Y había dejado la bebida desde entonces. "Pero si tengo que corregirla, la corrijo".

Repentinamente, la música volvió, con unos acordes fijados. Me quedé desorientado y organicé mi atención para desentrañar cuál era la canción. Carcajeé al reconocerla. *Querido Padre, cansado vuelvo a Ti.* Miré a Pepe, que me devolvió la sonrisa.

—Hora de cerrar.

—¿Tan pronto?

—De más —la voz del camarero se volvió gutural—. Estamos confinados, Marquitos.

Sentí inmediatamente un dolor agudo en el pie. Instintivamente, me llevé la mano a él. Todavía me sangraba. Justo donde ella me había clavado el cuchillo.

Padre, yo busco tu amor. Me giré y comprendí que me había quedado solo. *Padre, vuelvo a Ti.* No quedaba rastro de la conga, ni de los hombres con máscaras, ni de la mujer del vestido negro que hipaba a mi lado. *Mira que tu hijo soy.* Las luces se habían apagado y solo percibía la sonrisa de Pepe, *el Cotilla*, como una linterna lúgubre a la que aferrarse. *Padre, vuelvo a Ti.*

Ya no tenía el vaso de ron en mis manos. "Estamos confinados, Marquitos". Los dedos me hormigueaban peligrosamente y volví a sentir el agudo dolor de cabeza que me había hecho cerrar los ojos la primera vez. Traté de ordenar mis pensamientos. Mi casa, estaba en mi casa. Las luces apagadas. El silencio, tan ansiado hacía unos momentos, tan amenazante ahora.

Y allí, apoyada en la pared, un hacha ensangrentada. Justo donde, momentos antes, había descansado mi muleta.

AVE MARÍA PURÍSIMA

PERDÓNEME, padre, porque he pecado.

Aquella voz, ligeramente estridente, pero profunda al mismo tiempo, logró sacarme de mis reflexiones. Me sentí desorientado, pero los jadeos soporíferos, casi pesados, del pobre Bob me devolvieron a la realidad. Alcé la vista y mis ojos se cruzaron con una mirada marcada por la culpa y la diversión, adornada con una sonrisa fantasma, sin expresión, bobalicona en cierto sentido.

—Pero Bob, hijo, ¿otra vez aquí?

—Sí, padre.

—¿De qué forma tan horrible has vuelto a pecar en menos de un día?

El joven bajó el rostro al tiempo que una gruesa gota de sudor resbalaba por su cuello. Desprendía un olor extraño que no supe identificar. Pero no era agradable.

—A ver, hijo, cuéntame…

El joven volvió a levantar el rostro con un brillo renovado en los ojos.

—Hoy me ha tocado cargar unas piedras muy grandes, porque Mike me lo ha pedido, porque soy el único que podía con ellas y eso me ha gustado. Hacía calor, mucho calor, pero me daba igual, yo caminaba y caminaba y caminaba con las piedras y mis compañeros me miraban y me gritaban. "¡Déjalo, Bob!", "¡Descansa un rato, Bob!". Pero Mike me lo había pedido, porque soy el único que podía con ellas…

De repente, se interrumpió y se llevó un dedo ensangrentado a la boca de manera instintiva. Me detuve en analizar aquellas manos enormes y amarillentas, sin uñas y con padrastros por doquier.

—Y Dora estaba allí, ¿sabe, padre? Y me miraba mucho y yo a ella, y Mike también la miraba. Es normal, es su mujer, pero yo sé que Dora me miraba más a mí que a Mike. Y mis compañeros venga a gritar. "¡Déjalo, Bob!", "¡Descansa un rato, Bob!". Y así hasta las cuatro de la tarde, padre, con mucho calor. Y me dolían las manos y la espalda, pero soy el único que podía con esas piedras, porque eran muy grandes. Solo he parado cuando Mike me ha dicho que tomara un café con él y con Dora. Y he parado y he tomado el café con Mike y con Dora, y mis compañeros ya no han gritado más. Y Dora seguía mirándome, llevaba esa falda de la que le hablé ayer, la de las flores amarillas, y una blusa azul porque hacía calor…

—Bob, hijo, si me vas a contar lo mismo que ayer…

—¡No, padre! ¡No! —su gesto se alteró y borró la sonrisa fantasma—. ¡Escúcheme!

Vi que comenzaba a temblar de forma bastante incontrolada. Le apreté las manos para tranquilizarle y su agitación fue desapareciendo poco a poco. Dejó de jadear y aquella sonrisa bobalicona apareció una vez más.

—Continúa, Bob. Estabas tomando café con tu hermano y con Dora, ¿qué ha pasado después?

Mis manos seguían sobre las suyas y probablemente eso evitó que volviera a temblar. En cualquier caso, la sonrisa de Bob se ensanchó rápidamente, casi de forma violenta. Fui yo el que dudó en aquel instante.

—Mis compañeros ya no gritaban y Mike estaba con Dora y yo no podía dejar de mirar la falda de flores de Dora. Pero Dora ya no me miraba a mí. "Termina el café y vuelve al trabajo". Pero yo no quería irme, y Mike decía: "Venga, Bob, es hora de volver al trabajo". Y me decía que era el más fuerte, que solo yo podía con esas piedras, pero yo ya no sonreía, porque Mike tenía su mano en la pierna de Dora y subía por la falda y Dora ya no me miraba, solo sonreía. Y mis compañeros ya no gritaban, porque ya no estaban, pero Mike sí. "Termina el café y vuelve al trabajo".

Bob no pudo continuar hablando, porque una risa estridente, incontrolada y nerviosa cortó sus palabras. Fui yo quien retiró las manos al tiempo que aquel olor extraño que desprendía Bob se intensificaba. Y, durante un mísero instante, fui capaz de percibir en el ambiente la esencia del sudor, del semen y de la sangre.

CUENTA PENDIENTE

EL cigarro no llegó a humear en mi boca. Sentí un sudor frío y mis manos temblorosas apenas acertaron a sujetar el papel. La luz del fax se perdió en las mismas tinieblas en las que habitaba mi mente. Bruno, a mi lado, me observaba con preocupación.

—¿Qué ocurre, Martínez?

No recordaba cómo hablar. Las palabras se perdían, parecían haberse quedado encerradas en el café amargo que me había tomado aquella mañana. El café amargo que se convirtió en una barrera entre el mundo normal y el mundo absurdo.

—Se ha cometido un asesinato —apenas oí mi propia voz, apenas sentí vibrar mi garganta.

—¿Dónde, jefe? —insistió Bruno.

—En mi casa.

Lo que sí escuché fue cómo el cigarro que antes descansaba en mi boca, impaciente, rebotaba contra el suelo.

Cuando llegamos al pequeño piso de alquiler que compartía con mi mujer, todavía olía a bizcocho recién hecho. La puerta blanca estaba intacta y ningún mueble aparecía fuera de la colocación normal. Casi me tropecé con una alfombra árabe que descansaba en el suelo. La miré durante un segundo. Era horrible, extremadamente fea. Pero mi mujer se había empeñado en comprarla, pues le encantaban los adornos orientales.

La normalidad reinaba y yo solo escuchaba los pasos de Bruno a mi espalda mientras avanzaba hacia el baño. Un policía tomaba notas en un cuaderno, pero cuando me vio llegar alzó el rostro y se retiró, con gesto de consternación. La imagen se quedó grabada en mi memoria como un cuchillo afilado, como una flecha punzante.

Mi mujer, María, descansaba en el suelo, sentada, con la cabeza inclinada. Un reguero de sangre resbalaba aún por su cuello y manchaba su preciosa camisa blanca. Su camisa favorita. La camisa que solía ponerse para ir al trabajo.

El tajo había sido certero. Una mano fuerte y sin duda en su pulso había efectuado el corte en el cuello. Cuando me incliné sobre ella, con el corazón destrozado, sentí cómo el mundo se detenía a mi alrededor. Los ojos verdes de mi amada mujer evocaban aún el fantasma de la sorpresa y, quizás, el temor. Se los cerré con manos temblorosas y me di la vuelta.

—Pedro —me llamaron.

Fue una voz grave, casi de ultratumba. Sentí un escalofrío que recorrió todo mi ser y miré a Bruno. El muchacho me devolvió la mirada y, casi instantáneamente, sonrió con tristeza.

—Lo siento, jefe.

Y, de repente, todo se volvió negro. Los policías que había al lado de Bruno se desvanecieron. El cuarto de baño se esfumó. El cuerpo de María desapareció. La oscuridad lo envolvió todo. Flotaba en una nada que llenaba todo mi ser.

Y Bruno seguía sonriendo con tristeza.

—¿Hace cuánto que no pasas por la comisaría? —me volvió a preguntar Bruno, con aquella voz demoníaca.

—Desde que me despidieron.

Apenas fui consciente de que mi voz sonaba reseca, sin emoción. Respondía la verdad, sin dudar, porque no podía responder otra cosa. De repente, tenía una sed horrible y me moría de sueño.

Bruno asentía, sin sonreír ya. Solo me miraba. Y yo lo miraba a él. Miraba su rostro juvenil, sus rasgos remarcados y llenos de ilusión. Solo entonces me di cuenta de que estaba viendo mi reflejo. Yo era Bruno y Bruno era Pedro. Sí, era mi propio cuerpo, mi propia cara…, pero un cuerpo y una cara que no recordaba ver desde hacía, al menos, veinte años. Era yo, pero no era yo.

—¿Quién eres? —logré preguntar, en medio de la nada que lo cubría todo.

—Soy tú —me contestó, de nuevo gravemente—. O, al menos, como tú deberías haber seguido siendo. Un policía con fe en la justicia.

—Eso ya no existe. Murió, aplastada por la corrupción y la mentira.

—Vive —negó Bruno—. Vive en cada uno de los seres humanos, no en una institución.

—Pero debería vivir en una institución del mismo modo.

Bruno no me contestó y yo no necesité que lo hiciera. Mi mente empezaba a vislumbrar sombras. Y mi reflejo aparecía en cada una de ellas.

María no se había puesto la camisa blanca para ir a trabajar. Le quedaba muy bien, siempre se lo decía. Pero aquella mañana, cuando se lo dije, ella no sonrió. Solo me miró y cogió su maleta.

Y creo que no pude soportarlo más. Mi realidad desapareció y solo existió el cuchillo que mis manos empuñaban con fuerza, sin duda alguna.

—Rubén aún la está esperando —me dijo Bruno, sacándome de mis pensamientos—. Sigue en la estación, y mira el reloj cada dos por tres. Y en su bolsa todavía guarda tus ahorros de toda la vida, Pedro. Los ahorros que te ha quitado.

No había sido justo. Yo no hice nada para que mi propia mujer me tratara así. Yo no hice nada de nada. Absolutamente nada. ¿Qué derecho tenía a abandonarme?

—¿Y yo dónde estoy? —pregunté al tiempo que me temblaba todo el cuerpo.

Las sombras me contestaron. Mi casa volvió a aparecer ante mis ojos, al igual que el policía que apuntaba en un cuaderno todo cuanto veía. Entonces, de improviso, vi entrar a Bruno. Al verdadero Bruno. Seguía teniendo una cara juvenil, pero no era la cara de mi juventud. Ya no.

Y yo observaba la escena desde el salón. El baño abierto, la sangre derramada, el rostro congestionado de Bruno...

—Estaba loco —dijo el policía que escribía en el cuaderno—. Siempre estuvo loco. Y ella hizo bien en denunciarle. ¿Cuánto llevaba aguantando su cinturón? ¿Diez años? Su único error fue volver a por sus cosas.

Bruno se dio la vuelta y me miró. Traté de mostrar el dolor en mi rostro. Pero ni siquiera pude cerrar la boca.

—Oh, Pedro... —gimió Bruno, con lágrimas en los ojos.

Bajé la mirada, incapaz de aceptar mis actos.

Lo último que vi fueron mis pies. No llevaba zapatos, solo calcetines blancos, manchados de un color rojo muy pasional. Comprobé, desesperado, que tampoco podía moverlos. Solo podía observarlos.

Se balanceaban sin tocar el suelo.

MI AMIGO DEAN

ONOCÍ a Dean Swolmon cuando mi mujer ya se había ido. Tampoco me detendré en relatar el momento en el que le vi por primera vez, pues lo he olvidado, lo que revela la poca importancia real que tuvo. Lo que sí remarcaré es que nunca había conocido a nadie como él: un tipo atractivo, alto, atlético, seguro de sí mismo, alguien en quien se podía confiar… Lo que comenzó siendo una relación de simple cordialidad acabó desembocando en verdadera amistad y me permitió conocerlo mucho mejor. Quedábamos en el bar *Monster* cada día, a eso de las ocho de la tarde. Dean me contaba que la rutina le oprimía cada vez más y que estaba deseando salir, alzarse contra todo y contra todos, "sentir la *fucking* vida". Esa mezcla de español e inglés era muy típica de Dean Swolmon, especialmente con cualquier sustantivo que se pudiera adjetivar con *fucking*.

Yo apenas hablaba, salvo para pedir las cervezas o la cuenta. A veces pensaba en Kathy y en cómo rechazaría a una persona como Dean, pero me encantaba escucharle y contagiarme con aquellos deseos de libertad. Agobiado y deprimido como estaba, las charlas con Dean elevaban mi ánimo de forma sorprendente. Realmente me sentía capaz de desafiar a toda injusticia que me rodeara. Esto fue lo que me llevó a aceptar las primeras propuestas de rebelión de Dean.

—Vamos a hacer un *fucking* simpa. Saca la llave y píntale una polla al nuevo descapotable del desgraciado de tu jefe. Pasa de las pastillas hoy, no las necesitas, que ningún matasanos te diga cómo tienes que morir. Llama y di que hoy no vas, que te has cogido una *fucking* gripe del copón. Mira a esa *piba*, lánzale un piropo, a ver si hay suerte. ¡Pero no seas burro, capullo! Vámonos del súper sin pasar por la *fucking* caja. ¡Corre, coño, corre! ¡Agarra bien los *fucking* huevos!

Parecíamos dos críos recién salidos del instituto, de los que creen que se van a comer el mundo cuando este ni siquiera ha enseñado sus dientes. Pensándolo fríamente, hacíamos gilipolleces, ninguna de ellas era de especial relevancia. A Kathy no le hubieran gustado nada, pero lo pasábamos bien. Por eso creo que, cuando Dean Swolmon me puso una pistola en las manos, apenas fui consciente de lo que iba a significar.

—Te dicen que les des tu dinero y luego no vuelves a ver nada —me susurraba mientras terminaba de afeitarme—. Te prometen un paraíso creado por sus fantasías de mierda y eres tú quien tiene que comer estiércol mientras esperas, siempre esperas. Que le den al *fucking* mundo.

Y yo tan solo respondí mecánicamente: "Que le den al *fucking* mundo".

Cuando la policía llamó a Kathy para informarle de que su ex marido, Ned Monslow, había sido detenido por intentar atracar un banco, ella apenas se sorprendió. Tampoco lo hizo cuando le preguntaron por Dean Swolmon, al que no se había localizado y quien, según su marido, había sido el cerebro de la operación.

—¿Conoce al señor Swolmon? —le inquirieron— ¿Tiene idea de dónde puede estar?

—Claro que lo conozco —contestó Kathy, al tiempo que gemía ligeramente al pasar de la cama a la silla, que emitió un sonido metálico y estridente de queja al recibir su cuerpo—. Me casé con él.

Capítulo 4

LEVÁNTATE Y ANDA

ANÁFORA ESTRIDENTE

Y lo notas crecer, roer tu interior con sus colmillos venenosos.

Y lo sientes gritar, eufórico, cuando se alza triunfante sobre tus cadáveres.

Y piensas, estúpida, que podrás detenerlo, encerrarlo de nuevo.

Y caes, como ayer, en un abismo infernal cargado de miradas vacías.

Y aguantas como puedes, pensando en un mañana traidor que sonríe con sorna.

Y, a pesar de todo, sigues y sigues, esperas y esperas.

Y día sí y día también te das cuenta de que la oscuridad es tu única compañera.

Y esperas oír un llanto, algo que te recuerde que sigues viva y respirando.

Y solo escuchas la amenaza ardiente de una boca que ya no te respeta.

Y solo sientes el asco y el egoísmo de unos ojos amenazantes.

Y recibes esa amenaza como parte de tu ser, te completa, te nutre de humanidad muerta.

Y alzas las manos al cielo, hacia un dios que parece haberte olvidado, o que nunca te prestó atención.

Y bajas la mirada con la ruin ilusión de ver abiertas las puertas de un averno que huele a libertad quemada.

Y las manos recorren tu cuerpo, te arañan, te hieren, te hacen daño, te hacen sonreír.

Y cada noche das vueltas en una cama fría donde solo tus sueños rotos hacen el amor en alguna ocasión.

Y lloras por el alma, manteniendo los ojos alzados y secos, sin luz, sin expresión, sin vida.

Y el hambre se alza en tu cocina y se burla de tu sufrimiento inútil, lisiado por los años de resistencia.

Y piensas en él, después de tanto tiempo, y en lo que te hizo.

Y piensas en ella, como cada día, y en lo que te está haciendo.

Y te das cuenta de que tienes al enemigo en tu casa.

Y tu enemigo come de tu plato.

Y tu enemigo bebe de tu vaso.

Y tu enemigo duerme bajo tu techo.

Y tu enemigo vive por ti.

Y entonces, solo entonces, decides abrir la jaula y dejarlo salir.

Y la libertad huele a gas y suena a desesperación e incredulidad.

Y tu enemigo tiene miedo.

Y tus entrañas tienen miedo.

Y parte de tu ser, tu única expresión de puro y completo amor se caga de miedo.

Y sientes el vacío que deja un tiovivo abandonado a la tormenta, un tiovivo que deja de dar vueltas.

Y, al fin, la calma.

Y la libertad.

Y la muerte.

Y nada.

UNA GOLONDRINA SOLA NO HACE VERANO

Ganador de los Premios "Quevedos, Cervantes, Quijotes y Sanchos" 2021.

*¡A*H *de la vida!* Mas ya sabemos que nadie responderá, pues entre ardientes hechizos descansa el sopor que condena a los ingeniosos de espíritu. ¡Qué lejos quedan aquellos relinchos de Clavileño, anclados en una ceguera impuesta por personajes ruines! Tan necesarios son los caballeros hoy en día…

¡Madre, yo al oro me humillo! Los hombres parecen haber dejado de pegarse a una nariz, y se anclan a una avaricia descontrolada. Manos transparentes ofrecen ayudas estériles, mientras el frío metal llena cada una de sus acciones. Se ha perdido la honradez en mitad de una bruma recargada de sueños rotos y aventuras apócrifas. Caminan hacia el polvo, pues polvo serán, mas… ¿polvo enamorado?

Ayer se fue; mañana no ha llegado. Pero hoy, en mitad de la sinrazón, se sigue alzando una mano curiosa, una pregunta impertinente, una respuesta cautiva. Desde la pizarra, observo la inocencia de aquellos que aún no conocen el papel que deben llevar a cabo en nuestro retablo de dudosas maravillas. Una ingenuidad que roza la locura y en la que, quizás, solo quizás, está nuestra última aventura. Curas y barberos aparecerán en sus caminos y les harán contemplar sus rostros en espejos con forma de blanca luna. Pero, por encima de la quema injustificada de sus sueños, se alzará la esperanza de quienes son capaces de gobernar ínsulas sin siquiera desearlo.

Cerrar podrá mis ojos la postrera sombra, que esta realidad siempre tendré presente. En medio de un mundo lleno de molinos, la juventud todavía lucha contra gigantes. Confiemos en el Oro más preciado de nuestro Siglo.

CONSEJOS DE MAMÁ

Mi mamá me suele decir que tenga cuidado al salir a la calle. Que no hable con extraños ni camine por callejones oscuros. Hay que buscar la luz y, si puede ser, las multitudes. Más ojos, más testigos. Y, por supuesto, desarmado. No se me puede ocurrir llevar nada en los bolsillos. Es más, es recomendable que se me vean las manos en todo momento.

Mi mamá me suele decir que la policía es la última opción. Y si me hablan, tengo que responder con educación. No alzar la voz, no alterar mi timbre. Nada de movimientos bruscos. Mirada fija, gesto tranquilo. El mínimo quiebro de estas indicaciones puede resultar muy caro.

Mi mamá me suele decir que asienta y calle. No hace falta defenderme con las palabras, porque ellos usarán armas. Tengo que quedarme en mi parte de la línea y jamás traspasar barrios que huelen a perfume caro. Porque no tienen salida.

Cuando termina de aconsejarme, mi mamá rompe a llorar. Me gustaría que papá estuviera aquí, él sabía animarla. Pero se fue. Nos lo quitaron hace tiempo. Y yo solo me quedo ahí, frente a la puerta, escuchando un llanto que se pierde en una bruma espesa e injusta. Cuando mi mamá levanta el rostro, tiene los ojos rojos. Pero sigue siendo preciosa. Le sonrío.

—Estaré bien, mamá.

Y ella asiente, mientras su mano de azabache me despide.

EL DRAGÓN ROJO

*Ganador del II Concurso de Relatos Cortos
AIETI 2020.*

DESDE que tengo memoria, siempre he temido al Dragón Rojo. Mi madre le temió, y su madre antes que ella. Su sonrisa maquiavélica deja escapar un aliento putrefacto y rancio que inunda hasta el último poro de tu piel. Luego es muy difícil quitarse el olor durante, al menos, un día entero. Recomiendan acostumbrarse a él, respirar hondo y dejar de pensarlo. Reconozco que a mí me cuesta cada vez más.

El Dragón Rojo es un enemigo temible y muy inteligente. Se oculta en rostros amables que duran hasta el crepúsculo. Sus alas se difuminan entre las chaquetas de cuero y las sudaderas de poliéster, agazapadas en una oscuridad fútil, deseosas de alzarse con majestuosidad para generar suspiros de incredulidad a su alrededor. Generalmente, no las ves hasta que ya es demasiado tarde. "¿Y piensa quedarse embarazada próximamente?".

Afortunadamente, tiene enemigos. Algunos alzan las voces a modo de protesta, y todos llegamos a sentir cómo el Dragón Rojo se vuelve pequeño durante un instante. Otros muchos actúan consecuentemente y, ante ellos, el Dragón Rojo parece un simple reptil incapaz de morder, con las garras roídas y los dientes oxidados. Pero, al final, siempre hay resquicios, madrigueras oscuras que permiten que sane para atacar con mayor fuerza. Y es entonces cuando las sonrisas amables se tuercen, las manos firmes se vuelven amenazadoras y los brazos se alzan para caer con mayor rapidez. El rugido triunfal del enemigo se arropa con la sangre y el dolor y crea un lecho de terror, donde el silencio se nos presenta como un falso aliado. "¿Y vas a salir así vestida?".

Parece que la gente se ha acostumbrado a su dictadura. "El mundo no es perfecto", dicen, entre encogimientos de hombros y negaciones de cabeza que fingen empatía. En realidad, es la cobardía la que escupe ese veneno. Los cambios no son fáciles, pero hay veces que se muestran tan necesarios que se deben derrumbar muros para ampliarles el pasillo. En esos momentos, el Dragón Rojo parece temblar levemente. Pero contraataca con voracidad, alzando su garra, rozando las espaldas ajenas y utilizando viles recursos que ennegrecen una causa vestida de justicia. "Primera copa gratis para las chicas".

Y, ante todo ello, se eleva la incredulidad. Todos dudan y nadie alza la voz con verdadera claridad. Las calles se muestran mucho más oscuras cuando vas sola y los coches parecen circular con mayor lentitud, acompasando el recorrido de sus neumáticos al de tus pasos temerosos. Cualquier sonido aleatorio se vuelve amenazador. Y allí, sola, escuchas perfectamente su risa: ronca, degradada y metálica, llena cada rincón de tu alma y cualquier armadura que hubieras soldado en fuerte acero se quiebra como las hojas cuando llega el otoño. Y te das cuenta de que, ahí dentro, siempre es otoño y todo se seca sin que tu esfuerzo pueda evitarlo. "Ibas provocando".

Creo que eran esos momentos los que más temía mi madre, y su madre antes que ella. Cuando te ves cara a cara con el Dragón Rojo y este, lejos de moverse, te espera completamente quieto. Sabe que no hace falta que escupa su fuego, porque este ya arde dentro de ti. Te ha convertido en tu propia peor enemiga, y no puedes hacer nada para evitarlo. Y entonces alza el rostro, majestuoso y soberbio, con una fuerza inhumana forjada a lo largo de los años y las injusticias, y te reta:

—Nada puedes tú, chiquilla. Acepta el mundo como es. Acéptame como soy.

La soledad sabe mucho más agria en esos momentos. El frío cala cada hueso, aunque llevemos veinte días de verano. Y te empequeñeces ante él. Tus rodillas se doblan y la rabia de tus lágrimas no evitan la claudicación. No hay nadie a tu alrededor. Todos parecen estar detrás del Dragón Rojo, sosteniendo su pedestal. Algunos, inconscientemente. Otros muchos, infundados por el terror a perder sus privilegios. "Es que no somos iguales. Le pese a quien le pese".

Al día siguiente, todo vuelve a doler igual. La vergüenza se apodera de tu ser y las sábanas se convierten en un refugio trivial donde se fundan nuevas ilusiones que mañana se desvanecerán. Porque el Dragón Rojo no permitirá que caigan en tierra fértil. Es entonces cuando entiendo a mi madre, y a su madre antes que ella. Y pienso en sus vidas y luchas, en sus sueños y pesadillas. Y me doy cuenta de que, a pesar de todo, fueron. Y porque ellas fueron, yo soy ahora.

El sol continúa brillando en el cielo, inconsciente de lo que ocurre bajo su dominio. Una lucha vital y silenciosa que no da tregua, en la que cada centímetro de terreno cuenta. No hay héroes directos, porque no podemos encomendarnos a ellos. Es la propia vida corriente, los actos sencillos y rutinarios los que pueden doblegar al Dragón Rojo. Y, aunque en algunos momentos no lo parezca, somos más. El equilibrio exige el enfrentamiento constante entre opuestos. Hemos visto al Dragón Rojo convertido en un reptil insignificante. Y eso significa que puede caer. Lo importante es seguir. La vida es una carrera de fondo.

Hace mucho tiempo, el Dragón Rojo tenía unas alas mucho más amplias, que abarcaban todo lo que la vista era capaz de albergar. Sus garras eran capaces de arañar los puñados de tierra más recónditos, y su aliento putrefacto envolvía en su halo a todos aquellos que se atrevían a alzar la vista. Y su cola, llena de espinas puntiagudas, aguijoneaba cualquier agujero por el que pudiera colarse algún resquicio de luz.

Hoy, no. El Dragón Rojo solo puede esperar a encontrarnos solas para demostrar su poder arcaico. El resto del tiempo, se oculta. Disimula. Y eso lo vuelve más pequeño, aunque él ni siquiera se dé cuenta en un primer momento. Lo hemos visto herido, lo hemos visto arrastrarse. Lo hemos oído gemir, suplicante. Y entonces me doy cuenta de que estamos también en un pedestal. Pero no es la ignorancia ni el miedo el que lo sostiene. Giro el rostro ligeramente, y mi madre me sonríe con orgullo, y su madre antes que ella. Nos alzamos sobre la valentía de los primeros que plantaron cara al Dragón Rojo. *Somos más.*

Y pienso en sus vidas y luchas, en sus sueños y pesadillas. Y me doy cuenta de que, a pesar de todo, fueron. *Y porque ellas fueron, yo soy ahora.*

CRISTAL

Primer Premio de Relato del Concurso Cultural CreaCIC 2023.
Para Paquito Pacheco.

MI abuelo solía contármelo. El día que nació Marquitos, la niebla se adueñó del pueblo. Una niebla espesa y fría, que envolvía el cuerpo de todo aquel que se atrevía a salir a la calle. Quizás fue esa la razón de que la frente de Marquitos se ensanchara demasiado y de que su mente caminara más despacio. El frío.

Cuando le vio bostezar, su padre tuvo la certeza de que allí estaba el castigo a sus noches desenfrenadas y su predilección por el whiskey solo con hielo. Un sudor nervioso le recorrió el rostro y volvió a creer en Dios. Un dios vengativo y maquiavélico que se reía de él, condenándole a llevar una cruz torcida y pesada. A cuidar de *aquello*. No tardó ni una semana en desaparecer del pueblo. Dicen que apenas se llevó una triste muda consigo.

Su madre ascendió muy pronto a santa. De ahí a mártir apenas le quedaba un paso. Pero ella nunca se aprovechó de su fama y, desde el momento en el que oyó el lánguido sollozo del bebé, lo quiso verdaderamente. Antes de caer dormida, exhausta, segundos después de terminar de parir, ya había decidido que le dedicaría la vida a su hijo.

El cristal de la mirada de Marquitos nunca terminó de romperse del todo, pero tampoco brilló como el del resto de niños de su edad. Gritaba demasiado, cogía berrinches y nadie se atrevía a columpiarse con él. Babeaba en exceso cuando se emocionaba y las niñas no terminaban de entenderle cuando les ofrecía una margarita, entre risotadas, sonrojos y movimientos arrítmicos de sus brazos.

No tardó mucho en quedarse atrás y en empezar a mirar a sus compañeros desde abajo. En su interior, Marquitos apenas se hacía preguntas verdaderamente importantes. Pero le gustaba vestir bien, llevar los zapatos atados y el último botón de su camisa siempre estaba abrochado.

Su despertar al mundo fue doloroso y complicado. Miraba y perseguía a las parejas, arrastrado por una curiosidad que lo condenaba al escarnio público. No dejaba de pensar en lo fácil que podría ser todo si la mirada que le devolvía el espejo estuviera un poco más abierta. Si ese ojo no fuera tan blanco. Si esa boca no estuviera tan entreabierta. Siempre peinado, siempre bien vestido, el interior de Marquitos gritaba de dolor ante unas diferencias físicas que él nunca había escogido. Cuando sus manos, rocosas y áridas, acariciaban sus ojos llorosos, solo era capaz de percibir unos dedos excesivamente gruesos, incapaces de acariciar con cuidado. Nunca supo acariciar como su madre.

La escuela empezó a ir demasiado deprisa para él. Cuando su madre se dio cuenta de que los conocimientos se le embutían en la mente y le provocaban jaqueca, lloró toda la noche junto a su cama. Marquitos no lo entendió del todo: por fin había logrado un tiempo libre que cualquier niño de su edad anhelaría. No obstante, no le duraría mucho. Su madre no era una mujer derrotista, y movió cielo y tierra para que Marquitos tuviera su oportunidad. Aquello le fastidió al principio. Negaba rotundamente y repetía incesantemente:

—Mírame.

Y su madre lo miraba y asentía, con una decisión mucho más marcada en el rostro.

—Ya lo hago, hijo. Ya lo hago. Pero tienes que mirarte tú.

Al principio, colaboraba con algún amigo de la familia en el comercio de turno. Repartía pedidos, ayudaba a los niños a probarse los zapatos o traía los trajes del fondo del almacén. Con el tiempo, fue logrando empleos complementarios, porque se ganó una cierta fama: era impecable, trataba a la gente con cariño y respeto, nunca alzaba la voz y en todo lo que hacía, por insignificante que fuera, ponía un cuidado extremo, casi reverencial. Además, Marquitos vestía muy bien, con el último botón de la camisa siempre abrochado.

Se convirtió en la alegría de la plaza. Cuando el reloj de la iglesia tocaba las dos, Marquitos recorría cada comercio, cada establecimiento, con un recordatorio básico en los labios.

—¡A comer!

Y la gente sonreía y paraba sus quehaceres, porque Marquitos tenía razón. Había que comer. Y disfrutar de las pequeñas cosas, las cosas básicas, como él lo hacía.

Se hizo mayor antes de tiempo, cuando aún era un niño pequeño por dentro. Llegó un momento en el que dejó de perseguir a las parejas y no regaló más margaritas a las chicas. Hay quien dice que hubo una temporada en que se le vio llevar pajarita sobre la camisa mientras acudía a la floristería a recoger el ramo encargado. Así, cada lunes. Pero no duró mucho. No salió bien. Y Marquitos volvió la mirada blanquecina hacia los niños pequeños, pues le gustaba verlos correr por la calle y les hacía muecas para oírlos reír. Al principio, aún los veía. Después, se convirtieron en sombras, como todo lo demás. El mundo se desmoronaba sin ningún tipo de aviso y su mente no lo lograba comprender. Pero, en cierto sentido, no se lamentó en exceso por ello. Había tantas cosas que su mente no había logrado comprender…

Mi abuelo solía contármelo. El día que murió Marquitos, la niebla se adueñó del pueblo. Una niebla espesa y fría, que envolvía el cuerpo de todo aquel que se atrevía a salir a la calle. Quizás fue aquello lo que nos lo quitó, igual que nos lo había dado. El frío.

Pero, sorprendentemente, la gente salió aquel día y caminó unida para despedirlo. Y cuando el reloj de la iglesia de la plaza dio las dos, la gente detuvo sus quehaceres, aunque nadie les vino a avisar de nada. Pero había que parar. Había que comer. Y disfrutar de las pequeñas cosas, las cosas básicas, como él lo hacía.

Aquel fue su regalo. Su última enseñanza, antes de dejarnos. Y cuando se fue, lo hizo con solemnidad. Con elegancia. Con el último botón de su camisa abrochado.

BOLA DE NIEVE

Primer premio del Concurso de Relato Corto de la UCLM 2018.

EL niño se levanta entre carcajadas. La nieve ha cubierto gran parte de su abrigo azul, pero eso parece no importarle. Con cuidado, se agacha y forma una bola entre sus guantes amarillos con una delicadeza similar a la del escultor que da los últimos retoques a lo que él considera su obra maestra. Sin dejar de sonreír, levanta la vista y, durante un instante, su nariz roja resplandece en mitad de la blancura que llena la calzada. Extiende el brazo con decisión, como un lanzador seguro de sí mismo que no teme al bateador. La bola se escurre entre sus dedos y forma una parábola perfecta que impacta en la espalda de una chiquilla que corría gritando de emoción. La escena se remarca entre la niebla blanquecina como si no perteneciera a este mundo, como si ocurriera lejos, muy lejos de allí. Pero el pequeño Hugo es capaz de seguir con absoluta certeza cómo se desarrolla todo y no puede evitar lanzar un suspiro chistoso cuando ve que la niña chilla de alegría al recibir la bola de nieve en la espalda.

Hace calor ahí dentro, pero Hugo se niega a quitarse su gorro de invierno. Se ha convertido en su tradición particular: es Navidad, debe hacer frío en la calle, así que necesita que algo se lo recuerde. Aparta la vista de la gran ventana al tiempo que su pelo empieza a sudar, pero le da igual. Se siente contagiado por el ambiente de la calle, a pesar de que lo observa desde mucha distancia. Está feliz. Es Navidad, se supone que hay que estar feliz.

—No pasa nada porque te quites el gorro —le avisa una voz.

El pequeño gira la cabeza completamente. Su madre acaba de entrar en la habitación y trae la ropa planchada. Con tino, casi sin mirarlo, comienza a ordenarla en el armario.

—¿Vamos a salir a la calle? —se atreve a preguntar, con un hilo de voz.

—No —su madre sigue sin mirarlo, pero Hugo percibe cierta irritación en su voz y en sus movimientos—. En tu estado no es recomendable. Y menos con este frío.

—Pero ha nevado, mamá…

—Hugo, por favor. Sabes que no puedes salir.

El niño lanza un chasquido con la lengua, pero decide no insistir. Aprieta las sábanas contra su cuerpo e intenta moverse una vez más. Todo es inútil, pero él ya lo sabía. Su balón de fútbol lleva esperándole en el rincón de la habitación demasiado tiempo.

—¿Va a venir papá a comer?

Esta vez, su madre sí que gira la cabeza. Hugo se achanta ligeramente ante la mirada que le atraviesa el alma. Una mirada fría, déspota, casi muerta. Inmediatamente, se arrepiente de haber hecho la pregunta. Tampoco recuerda ya de qué color era el abrigo del niño que lanzó la bola de nieve.

—No, hijo —lejos de lo esperado, la voz de su madre suena tierna, aunque presenta un cierto chascarrillo final que la quiebra—. Papá ya no va a venir.

Llega el silencio. Hugo mantiene la mirada a su madre, pero ninguno dice nada. Sería inútil y estúpido preguntar algo más. Hugo no es tonto, sabe perfectamente lo que ocurre. Sabe lo que ocurrió.

—La última vez que vino me dijo que ya no iba al bar.

—La última vez que hablé con él, me dijo lo mismo —esta vez, la voz de su madre es más dura—. Y después pasó.

—Había niebla ese día. Como hoy…

—¡Hugo! —la advertencia final. El niño comprende que debe callar.

Tras un momento de incertidumbre, la madre se acerca a la cama. Con delicadeza en sus movimientos, se sienta junto al niño y le acaricia el rostro. Hugo la observa, con la duda en los ojos. Ella parece mirar al vacío, perdiéndose en un pasado remoto, o en unos recuerdos olvidados.

—Vendrán las tías, cariño —explica con voz dulce—. Y hay pavo para comer. El que te gusta, relleno. Con patatas.

Hugo trata de esbozar una sonrisa.

—Y esta tarde veremos una peli. La que tú elijas, mi vida. Es Navidad.

El niño asiente. Su madre se agacha y le besa la mejilla. Cuando se separa, Hugo se ve reflejado en el cristalino de sus ojos. Esta vez, es incapaz de sonreír.

—Descansa hasta entonces —sin avisarle, le quita el gorro. Hugo está sudando y no tiene ganas de discutir—. Te avisaré cuando vayamos a comer.

La madre se levanta lentamente y camina hacia la puerta. Sus pasos se muestran seguros, pero parece vacilar ante el pomo. En ese instante, Hugo cree que se va a dar la vuelta para decirle algo más. Pero esa sensación desaparece tan rápido como había llegado. De repente, vuelve a estar solo en la habitación. La cama parece más grande que nunca.

Tras suspirar, el niño vuelve a girar la cabeza hacia la ventana. Trata de divisar algo en la calle, pero la niebla se ha extendido y le resulta imposible. No hay claridad. Una atmósfera gris parece haberse apropiado de la ciudad y, durante un momento, a Hugo le recorre un escalofrío que le hace sentir vulnerable. Deja escapar un gruñido de extrañeza ante esa sensación. Solo quiere levantarse y echar a correr para lanzar la bola de nieve más grande que se haya visto en la historia.

Azul. El abrigo del niño era azul, claro. Como el color de su balón, que descansa desde hace tiempo en el rincón de la habitación.

EL CASTILLO DE CRISTAL

Ganador del II Certamen Provincial de narrativa corta "Rechazo a la Violencia de Género" 2022.

LA Princesa mira a través de su gran ventanal, con una sonrisa que desprende un cierto matiz de orgullo. Espera levantada su llegada, en mitad de la noche. Los cascos del brioso corcel resonarán en la oscuridad y acabarán con el silencio que trae el miedo y el remordimiento. Sí, Él vendrá y todo volverá a estar bien. Pues, entre sus brazos, apenas hay temor.

El pueblo duerme, inconsciente de lo que ocurre fuera de las cuatro paredes que le sirven de resguardo. El viento silba con rabia, incapaz de encontrar resquicios en las puertas fuertemente selladas, clavando sus cuchillos en ventanas sin memoria. Pero la Princesa sí lo contempla y se lamenta de su derrota. Si, al menos por un instante, el viento fuera capaz de vencer y transmitir su ira, la noche parecería un poco menos segura. Suspira con un gesto de resignación y se levanta para caminar por su gran alcoba. Se siente hambrienta. Sus pasos la llevan de un lugar a otro, pero las baldosas son iguales y, cuando llega la medianoche, no tiene la sensación de haberse movido ni un centímetro. Y en su mente resuena una pregunta incómoda cuya respuesta se perdió hace muchos años en ecos de campanas de boda.

"¿Por qué todo duele más cuando llega la noche?".

La Princesa vive en el Castillo de Cristal. Se trata de una fortificación espléndida, admirada y deseada por todo ser viviente que ponga sus ojos en ella. Las torres se alzan hacia el cielo, en una actitud retadora, como si los gritos de Babel aún resonaran en sus piedras. Las grandes ventanas dejan pasar la luz del sol cuando llega la mañana, pero por la noche solo pueden contentarse con la melancolía de la luna. Tiene amplios corredores donde los pasos resuenan y se engrandecen, al tiempo que recrudecen los sentimientos más ínfimos del animal. En su foso, el caudal crece cada día más y más. Es imposible sostenerlo, a pesar de que la Princesa lo intenta con todas sus fuerzas. Tarde o temprano, amenazará con desbordarse. Y será capaz de arrastrar tras de sí la incomunicación e ignorancia de un reino que se aleja de allí a lomos de un sueño profundo con alas de marfil.

En el Castillo de Cristal no hay visitas durante los fines de semana. Se reservan sus estancias y la soledad se alza como verdadera señora de sus sombras. Es entonces cuando la Princesa reflexiona y aguarda, con la mirada inquieta de quien espera más cuando ya lo cree tener todo. Ese sentimiento carcomido roe sus entrañas y le provoca malestar. Ella no es egoísta, trata de alejarse de lujos innecesarios. Pero hay veces en los que la soberbia destroza la puerta de la entrada y la invita a tomar el té, insistiendo en que el Sombrerero y la Liebre no vendrán porque tienen que jugar al cróquet. Y allí, entre risas desganadas, la Princesa no puede evitar lanzar exclamaciones. "¡Que les corten la cabeza!".

Un juego de luces y sombras recorre su alcoba. Cansada de sus zapatos de cristal, se los quita y suspira de nuevo. Abre la ventana y lanza uno al vacío, para que se pierda entre la bruma que parece rodear su castillo. El otro lo guarda bajo la almohada, pues piensa que será un bonito recuerdo. Y allí, entre zarzas y fuego verde, descansará hasta que alguien sea capaz de superar sus propios peligros y liberarlo de un hechizo durmiente, jamás pronunciado por ninguna hada. No, al menos, por ninguna buena.

Cuando se abre el portón, la Princesa se sobresalta. Sin darse cuenta, se ha quedado dormida, abrazada por una ligera brisa liberadora. Se desprende de ella con rapidez mientras el corazón amenaza con desbocársele por la boca. Adereza lo mejor que puede sus largos cabellos rubios y practica su sonrisa, sin poder evitar cierta inquietud en sus gestos. Inspira antes de abrir la puerta y abandonar el refugio de su habitación. Él ha vuelto, y ya no tiene nada que temer. Los escudos de las armaduras de piedra se quiebran a su paso, pero ella evita cualquier tipo de contacto con sus miradas frías. Entiende las preocupaciones, pero no las paranoias. La gente habla demasiado, y sin saber. "Es la envidia", se convence frente al espejito que la vislumbra como la más bella del lugar. Y, en su fuero interno, crece el oasis de la comprensión. "Cualquiera se vería como un triste enanito si contemplara mi Castillo de Cristal".

Escucha sus pasos desiguales acercarse. En mitad del silencio, es reconfortante encontrar resquicios de vida. Son esos momentos en los que la soledad es derrotada definitivamente. "Todo es mejor que estar sola". La Princesa se detiene y alisa su vestido. Es entonces cuando lo ve, por fin. Al final del pasillo. Tan apuesto como siempre, tan esbelto y seguro de sí mismo. Un Príncipe condenado a la juventud eterna, incapaz de dejar atrás una infancia en la que creyó ser feliz. El reencuentro se produce en la oscuridad, pero es lo suficientemente crudo como para no dejar indiferente a nadie.

"Te queda un último deseo". Ya gastó los dos anteriores en cosas simples, pero necesarias: un marido, un hogar. Su madre siempre la instruyó bien en sus objetivos. "Si tienes un techo y alguien con quien estar, lo tienes todo". Un Castillo de Cristal erigido desde el hielo del pensamiento racional. Y recubierto de muñecos de madera que anhelan ser niños de verdad. Pero que no tienen conciencia.

Se quita aquellos pensamientos de la cabeza demasiado tarde. Un latigazo de fuego se abre paso en medio de un olor nauseabundo. Durante un momento, la Princesa se queda congelada ante el horror. "¿De dónde viene ese olor? ¿Cómo es posible que haya atravesado mis murallas otra vez?". Sus pensamientos vuelan hacia los orígenes de su reinado, donde no había distinción entre el sol y la luna. Todo se volvía de color morado para, con el paso de los días, adoptar el amarillo o el negro. Y a pesar del grito de los prisioneros, inocentes sin tiempo para abrir la boca y defenderse, el elixir que acompañaba aquella fuerza desproporcionada se abría paso por todas las habitaciones hasta encontrar a su presa. Por eso mismo, la Princesa había aprendido a salir al pasillo y a evitar refugios inútiles que se desmoronaban como la arena ante la llegada de las olas del mar. Pareció funcionar al tiempo que el color morado adoptaba un significado diferente, nuevo para muchas. Y, sin embargo, *inservible* para ella. "Te queda un último deseo".

De repente, el silencio. La incomprensión. El labio se despega, pero no se emite sonido alguno desde la boca. La sorpresa la ha descolocado, y en su fuero interno solo resuena una nueva pregunta. "¿Por qué?". Tiene que tranquilizarse. Si no es capaz de pensar en cosas bonitas, el polvo de hadas no funcionará y se verá condenada a ver alejarse a sus amigos desde su ventana. Se verá obligada a crecer. "Buenas noches, Wendy".

Así pues, respira y tiende la mano conciliadora. El silencio se ha extendido tanto que tiene la sensación de que cualquiera puede escuchar sus propios gemidos. Pero las puertas de los súbditos del reino siguen cerradas. Ya no sopla el viento, todo se ha detenido. El reloj de arena cambia su posición mientras las sombras desvelan un rostro inhumano. Una zarpa vuelve a alzarse en medio de un grito de incomprensión, y entonces ella lo recuerda todo. El *hechizo* que sufre el Príncipe y ante el cual todos se confunden. Si ellos supieran cómo es en realidad, si entendieran lo feliz que la hace cuando está calmado. Su biblioteca está a rebosar, a ella siempre le ha gustado leer. Y la rosa, oculta tras una cortina de vidrio, evita perder todos sus pétalos en un último y desesperado intento por retomar la normalidad. Lo que los demás dicen que *debe ser* la normalidad.

Ya no es capaz de hablar. Definitivamente, su voz se ha perdido en un torbellino donde el agua salada y los peces se mezclan en un musical surrealista. Pero la situación se agrava todavía más cuando se da cuenta de que tampoco puede caminar, le cuesta demasiado ponerse en pie. "Ese no era el trato". Nunca debió fiarse de aquella bruja ni del colgante de caracola.

Impotente, lanza un último suspiro. Sus ojos se cruzan con los de la Bestia y es capaz de percibir humanidad tras ellos. ¿O es solo un espejismo? ¿Un momento de duda, de vacilación? No es capaz de interpretarlo, y eso la frustra. Y cuando la Bestia se ve reflejada en su mirada, se contagia de su frustración. Y todo se vuelve mucho más oscuro. La luz de la luna ya ni siquiera traspasa los umbrales del Castillo de Cristal, temerosa de lo que pueda encontrar en su interior.

Y entonces, en un último delirio de grandeza, la Princesa vuelve a recordar que le queda un último deseo. Es un pensamiento insulso, ligero como la última hoja que cae en otoño, pero que tranquiliza su interior. La llena de paz. Y eso provoca que su rostro se relaje, que sonría incluso. La Bestia lo ve y vuelve a sentirse inferior. No entiende por qué la Princesa se ríe de él. Otra vez. Pero ella ya está lejos de allí.

"¡Genio, deseo *mi* libertad!".

Al día siguiente, el sol vuelve a alzarse sobre el reino. Poco a poco, las actividades cotidianas llenan el lugar y la gente solo es capaz de alzar el rostro una vez al día, de forma rápida, para mirar directamente al Castillo de

Cristal. Tan majestuoso, tan imponente. Permanece fijo, en silencio, observando a todo el mundo, causando admiración y temor a partes iguales. Pero nadie se atreve a perturbar su sueño. Nadie avanza hacia su boca abierta, ni atraviesa su garganta con ninguna Espada de la Verdad. Cada uno tiene sus propios problemas.

Y, además, el reino sabe perfectamente cómo termina el cuento.

LA PUERTA DE CAOBA

Finalista en el XII Concurso "Caminos de
la Libertad para jóvenes" 2021.
Para David, que fue valiente.

YO nunca he sido un chico con muchos amigos. Mi personalidad reservada no ayudaba a entablar conversaciones profundas con nadie que no fuera de mi confianza. Por eso, las clases se habían convertido en un simple trámite que debía pasar, respirando muy hondo y concentrándome lo máximo posible en las explicaciones del profesor de turno. Después, podía volver a casa, a comer con mis padres. Y luego me tiraba la tarde en mi habitación. Mi auténtico refugio ante la crueldad del mundo.

Me encantaba mi habitación. La puerta, de caoba cuidada, era grande y ancha. Cuando se abría, con cierto esfuerzo, no se rozaba con nada y, de su interior, dejaba escapar un aire cálido embriagador. En mi habitación siempre hacía calor. Por eso, me sentía muy seguro dentro. Una burbuja, un armazón perfectamente equipado donde se me permitía soñar muy fuerte y hablar muy alto, sin atender a las miradas acusatorias, sorprendidas o, simplemente, curiosas de quien no entendiera mi realidad.

Ni siquiera mis padres tenían acceso. He de reconocer que me ponía muy nervioso que se acercaran a la puerta de caoba. Me empeñaba en mantenerla limpia, intacta, y cualquier huella indeseable podía alterar el perfecto orden de su interior. No necesitaba limpiadores en mi reino, porque yo me ocupaba de todo.

Solo una persona de total confianza podía acompañarme en mi encierro. Norma, mi mejor amiga. Era una muchacha preciosa, con el pelo liso y rubio y unos ojos azules capaces de traspasar cualquier barrera mortal que se pudiera levantar. Solía llevar puesto un vestido rojo, largo, que ensalzaba su sonrisa y que la convertía en objeto de deseo para todo aquel que tenía la mala fortuna de cruzarse en su camino. Yo veía a Norma inalcanzable, pero su sola presencia me bastaba para sentirme afortunado. Quería tenerla cerca. Debía tenerla cerca.

A mis padres les encantaba Norma. Era natural. Educada, siempre atenta, seguía las reglas de cortesía al pie de la letra. Y su comportamiento era intachable: jamás levantaba la voz, nunca dejaba escapar una mirada hostil. Era una de esas personas cuya presencia imponía respeto y admiración a partes iguales. Por eso, ante ella solo podías comportarte correctamente. Ser como debías ser.

Yo me desahogaba con Norma y ella me escuchaba, en silencio, analizando cada una de mis expresiones. Cuando yo terminaba de exponer mis dudas, ella siempre me apretaba la mano, con delicadeza y firmeza al mismo tiempo. Y yo, en parte, me sentía reconfortado. Aquella comprensión me salvaba. Y su sonrisa se ensanchaba cuando yo me relajaba. Norma detestaba la incomprensión, eso decía siempre. Estaba abierta a hablarlo todo y a encontrar soluciones ante los problemas que, a simple vista, podían escapar de su lógica. A veces, mis problemas entraban en esa lista. Pero, tras sacarlo todo fuera, ella lograba que me calmara y llegara a unas conclusiones siempre similares: "no es para tanto, pasará".

Aquella era mi vida, una vida tranquila y perfectamente controlada. Cuando mis fuerzas flaqueaban, ahí aparecía Norma, mi mejor amiga, para sostenerme en pie. Y así transcurrían los días, en medio de una bruma espesa de dudas que se disipaban en el momento en que la puerta de caoba de mi habitación se cerraba tras de mí, protegiéndome.

Cuando conocí a David, yo creía que lo tenía todo controlado. En un primer momento, apenas me fijé en él: un chico común, de mirada profunda, que había estado viviendo un año en los Países Bajos. Se sentó a mi lado en su primera clase y apenas cruzamos un "hola" tímido. La primera vez que me habló, más allá del saludo, fue para pedirme un bolígrafo. Se había olvidado el estuche en casa. Cuando se lo di, nuestros dedos se rozaron momentáneamente. Me sentí raro. Hacía demasiado tiempo que no notaba el contacto de una persona desconocida. David, por su parte, no pareció darle mayor importancia.

Poco a poco, entre bromas inocuas y comentarios pueriles lanzados en mitad de las clases, comencé a reírme con David. Era un chico abierto, sin atisbo de timidez, capaz de sacar una amplia conversación de cualquier acto cotidiano. Me gustaba su naturalidad, su forma de expresarse, siempre marcada por las muletillas. "Tienes que venir por las tardes a la biblioteca, ¿va?". "A ver si te dejas ver algún finde, ¿va?". Yo carcajeaba como simple respuesta, incapaz todavía de dar cualquiera de aquellos pasos, vislumbrados como definitivos. Seguía necesitando el asilo de mi habitación y la comprensión de Norma.

La gente es egoísta, al fin y al cabo. Tarde o temprano, su verdadero rostro acaba mostrándose al mundo. Y yo no quería descubrir eso en David. Me caía bien, me sentía cómodo a su lado. Pero sabía que, si me atrevía a dar un paso más, todo aquello se desmoronaría. Porque siempre era así y siempre sería así. Intimar con alguien me traía más dolor que alegría. O eso pensaba yo.

—No le has hablado de mí, ¿verdad? —me inquiría Norma, con una sonrisa pícara en el rostro, cada vez que le hablaba de David.

Claro que no. No le había hablado de Norma. Ni de mi puerta de caoba. Ni le había dejado entrar en mi habitación. No se lo permitiría nunca. Traspasar esa línea sería mi perdición. Me había costado demasiado encauzar mi vida y mis pensamientos como para que, de un día para otro, todo se desmoronara.

Pero David seguía empeñado en ponérmelo difícil. Pronto, los saludos fueron sustituidos por palmadas en la espalda e, incluso, abrazos. Las miradas y muecas se multiplicaron, provocando que perdiera en más de una ocasión el hilo de la clase. Las insistencias para vernos fuera del horario escolar se volvieron tan comunes que me tuve que obligar a pasar algunas tardes en la biblioteca. Aunque al principio la sensación fue rara, pues me sentía observado por una fauna sorprendida de que yo me infiltrara en su hábitat, la paranoia desaparecía cuando veía a David. En realidad, todo desaparecía cuando veía a David.

No estudiábamos mucho, esa es la verdad. Pero sí reíamos. Poco a poco, sentí que me relajaba a su lado. Comencé a hablarle de mí, de mis planes de futuro, de mi familia, de mi pasado. Incluso, de mis miedos. David me escuchaba, pero de una manera distinta a como lo hacía Norma. No comentaba, no analizaba. Simplemente, me escuchaba, dejaba que sacara mis temores fuera. No buscábamos soluciones. "Quizás no hace falta buscarlas, ¿eh?". Tal vez…

David, siempre tan seguro, tan despreocupado. Contrario a mí. Vivaz, alegre, dicharachero, gracioso. Libre. Sin complejos, sin ataduras. Sin puertas de caoba que le protegieran. Solo, desnudo ante un mundo cruel, ante una sociedad que abrazaba el rechazo, ante un Caos que se alzaba por encima de todos nosotros y trataba de extender sus brazos a la mínima oportunidad, a la mínima debilidad. Yo creía que solo las puertas de caoba podían detener a ese enemigo cruel. David decía que sus puertas estaban carcomidas desde hacía mucho tiempo. Y no parecía importarle. "No es importante".

Norma reía y negaba con la cabeza cuando yo le hablaba de David. Me apretaba la mano con mayor firmeza, incluso me abrazaba. Y me recordaba que había dolores que podían no ser pasajeros. Y yo, cada vez más reticente, me di cuenta de que Norma no llevaba un vestido, sino un suéter rojo, con varios hilos sueltos. ¿Cómo no me había dado cuenta? Sus ojos eran azules, sí, pero fríos, inexpresivos en ocasiones. Cuando me miraban directamente reconocía un análisis que me incomodaba. Ella comenzó a notarlo.

—Estás raro últimamente...

¿Lo estaba? ¿O lo había estado hasta aquel momento? Cuando el hechizo de mi mejor amiga comenzaba a caducar, empecé a plantearme si mi vida había estado realmente tan controlada como yo anhelaba. Me temblaban las piernas, pero me obligaba a cuestionarme la situación que me rodeaba. De repente, los fines de semana se alzaban de una manera mucho más atractiva de lo que nunca hubiera imaginado. Porque en ellos estaba siempre David y podíamos alejarnos de las normas para refugiarnos en antros que desprendían un mayor olor de libertad. Y nos embriagábamos de ella, olvidando todo aquello que nos cortaba las alas.

La primera vez que David me besó, me asusté. Me di cuenta de que la línea había sido traspasada y todo se desmoronó a mi alrededor. Vi, por primera vez, la duda en sus ojos. Y yo, reflejado en su pupila, estaba lleno de temor. Me marché de allí, sin poder soltar ni una sola palabra. David me dejó hacer, no me siguió.

Cuando abrí la puerta de caoba, chirrió y rozó con el suelo, arañándolo de forma estridente. Fue un sonido que se incrustó en mi interior, un chillido que trató de acurrucarme con brazos fríos y muertos. Me di cuenta de que la majestuosidad que antaño había reflejado la puerta se estaba perdiendo: carcomida, repleta de termitas, casi no me atrevía a sujetar más el picaporte. Y, cuando se cerró tras de mí, lo hizo con un portazo. Dictatorial, agresivo.

Por primera vez, me di cuenta de que mi habitación estaba cubierta de una niebla blanquecina. Olía a salitre y me provocaba un horroroso escozor en los ojos. Ya no tenía calor. Al contrario, me helaba más a cada paso que daba. Y allí, sobre mi cama, dándome la espalda, estaba Norma.

—¿Qué has hecho?

Su voz angelical había desaparecido. Le sustituía un gorjeo gutural y ronco, similar al sonido de un gato que escupe una bola de pelo. Me acerqué, temeroso de hablar. Me di cuenta de que su hermoso pelo rubio ya no existía. Una mata desordenada y gris ocupaba ahora su lugar. Norma no podía levantarse, pues había perdido la movilidad de cintura para abajo. Y tampoco me miraba ya, porque sus ojos se habían quedado ciegos. Su fina piel estaba ahora recubierta de arrugas y sarpullidos rojos.

—Sé que estás ahí —un nuevo gorjeo—. Puedo olerte. Huelo tu miedo.

Respiré hondo y controlé mi temblor.

—Vete de aquí —le dije.

Norma comenzó a convulsionar, dando inusitadas bandadas con su cuerpo. Comprendí que se estaba riendo de mí.

—Nunca me iré —su voz sonó ronca, fría, muerta—. Esta es mi habitación.

Tenía razón. El intruso era yo. Siempre había sido yo.

Cuando abrí la puerta de caoba, casi se desmorona con el contacto de mis manos. Lo hice con firmeza, con decisión. Nuevos chillidos de dolor anunciaron su caída, pero yo no miré atrás. Puse un pie fuera. A mi espalda, un estallido resonó con estruendo, como si una fortaleza comenzara a derrumbarse ante la llegada del ejército enemigo. Tuve la certeza de que Norma había logrado ponerse en pie y que observaba mi espalda, atentamente.

Supe que estaba tendiéndome la mano, todavía concilia-dora. Pero yo ya no la necesitaba.

Cuando salí completamente de allí, ya no hubo ruidos. Ni chillidos. Ni lamentos. Solo silencio.

Al día siguiente, se anunció el confinamiento. Un virus, un virus real, amenazaba nuestra sociedad y el único recurso que teníamos contra él era evitar el contacto para dificultar su propagación. Mis padres se lamentaban ante aquellas medidas, pero yo no abrí la boca. No dejé de pensar en David durante toda la cena y me prometí a mí mismo hablarle aquella misma noche. Necesitaba hablarle.

Llevamos semanas así. Hablando por redes sociales. Manteniéndonos encerrados, en casa. Pero debo recono-cer que, personalmente, no lo estoy llevando mal. Logré salir de un aislamiento que duró años. Puedo aguantar estas semanas. Porque sé que, cuando esta puerta de caoba caiga, habrá alguien esperándome ahí fuera.

Epílogo

VOLVERÁN LAS GOLONDRINAS

TENTEMPIÉ

LOS he visto entrar de la mano y sentarse. Uno enfrente del otro. Ella tiene los ojos profundos e incisivos. Él, una barba muy cuidada y una nariz algo prominente. Parece que van a abrir la boca, que van a empezar a hablar. Pero, de repente, todo se rompe. Algo vibra y exige atención. Ella sonríe al comprobar que su última publicación ha superado el récord de *likes* que tenía en *Instagram*. Él, por el contrario, comprueba los últimos resultados de una apuesta arriesgada mientras sus dedos recorren anuncios cargados de promesas opacas.

Una pequeña sonrisa ilumina sus rostros. El olor a vainilla inunda un lugar oscuro del cual es imposible escapar. El temor a la pregunta directa provoca que la piel se erice. Suspiros y gruñidos escapan del control de unos labios resecos que han olvidado cómo besar. Los dedos adquieren un matiz amenazante: la fuerza de él se vuelve agresiva; la pintura de ella parece perderse al final de un arcoíris sin oro. Esta vez, la luz ciega y provoca el ceño fruncido. A la vez. Perfectamente sincronizados.

Me doy cuenta de que algunos pelos se escapan del control de la barba de él. Y su nariz ha adoptado una forma puntiaguda que no termina de parecer natural. Sus ojos recorren palabras inválidas que no son capaces de despertar nada en su interior. Al mismo tiempo, sus dedos corren, y corren, y corren…

Ella, por su parte, aprieta los labios y hace desaparecer su carmín. No mueve ni un músculo y su pelo apenas reacciona al soplo de aire que entra por la ventana. He olvidado cómo eran sus ojos…

—¿Qué van a tomar? —me atrevo a preguntar.

Vuelven. A la vez. Perfectamente sincronizados. Y, durante un instante, me miran sin comprender.

ESCENAS DE MATRIMONIO

A ver, ¿entonces el de negro es el padre del rubio?
—Sí.
—¿Pero el padre no estaba muerto?
—Pues parece que no.
—No lo entiendo. Y la rana verde esa, dando lecciones de vida… Es rarísimo esto…
—Tampoco es *pa'* tanto…
—¿Y lo de hablarse con la mente? Y vaya bichos más feos. No sé, esto no me va. ¿Por qué te gusta tanto?
—Yo qué sé, está guay, supongo…
—¡Anda que el *iluminao* del "lo sé"! *Pa'* darle. Te digo yo a ti "te quiero" y me respondes "lo sé" y vuelves a casa de tu madre.
—Pues es una escena mítica, de las más reconocidas de la saga.
—Ya me lo estás diciendo todo. Me he tragado dos películas de estas por ti, y no me convencen.
—Te queda la última…
—Que no, que no me tiro yo otra tarde aquí sentada en el sillón. Además, que tengo muchas cosas que hacer. Luego me cuentas el final tú.
—Pero si yo las he visto mil veces ya, el final me lo sé de memoria.
—Entonces, ¿qué más quieres? ¿Qué necesidad había de verlas otra vez?
—Por verlas contigo, yo qué sé, a ver si te gustaban o no.
—Pues, hijo, menudo ojo tienes. Como tengas el mismo ojo para todo…
—Se ve que lo tengo, sí —susurró él.

—¿Qué has dicho? Que no te he oído bien.

—Nada, cielo, déjalo. Venga, vamos a aprovechar lo que queda de tarde.

—¡Las ocho ya! Podríamos salir por ahí a tomar algo. Llamo a Mari y a Lucas, y que se venga Bea también…

—Pff… ¡Qué pereza! Yo no tengo muchas ganas, eh…

—Joder, tú es que cuando te apalancas…

—Además, no me siento cómodo con Lucas desde lo que pasó…

—¡Venga ya! Si no fue para tanto, apuesto a que él ni se acuerda.

—Y Mari es una falsa, no me lo niegues, que cada vez que le voy a dar dos besos para saludarla pone una cara de espanto que da un susto al miedo… No les caemos bien, yo paso…

—Lo que te pasa es que eres un aburrido. ¡Madre mía, lo que cuesta levantarte del sofá un sábado! Antes te gustaba salir con mis amigos.

—Bueno, antes tenía que hacer muchas cosas estúpidas con tal de llevarte a la cama.

—¡Vete a la mierda!

—No te lo tomes así, ya sabes cómo las suelto a veces.

—Me tienes harta, en serio te lo digo. Si ya me decía mi madre: "*cuidao* dónde te metes, asegúrate de que tiene ventana por si las moscas".

—Sí, tu madre siempre se queja de que en este piso hay muy poca luz, me he dado cuenta.

—¡Bah! Me agotas…

—Venga, no te pongas así. Siéntate aquí conmigo y vemos algo. La última peli la tenemos todavía pendiente…

—Mira, Andrés, que te den por culo —dijo ella, dando un portazo al marcharse.

Índice

Prólogo del autor 7

Capítulo 1
RETORNOS DE LO VIVO LEJANO

Atardecer en un sillón mullido 13
El sueño de una noche de verano 17
¿Qué se siente? 21
Inmortal 25
La sexta visita 31
Mi Lugar de la Mancha 35
Retazos en la oscuridad 37

Capítulo 2
TOCA OTRA VEZ, VIEJO PERDEDOR

La última ayuda 41
Sombras de Navidad 47
Para Elisa 55
Lobo de mar 69
El sueño del emperador 73
Casa de muñecas 77
La viajera 79

Capítulo 3
EL SUEÑO DE LA RAZÓN PRODUCE
MONSTRUOS

Quemar después de velar 87
Telarañas 93

El buen anfitrión 97

Invita la casa... 99

Ave María Purísima.. 105

Cuenta pendiente.. 109

Mi amigo Dean.. 113

Capítulo 4
LEVÁNTATE Y ANDA

Anáfora estridente... 117

Una golondrina sola no hace verano 119

Consejos de mamá 121

El Dragón Rojo 123

Cristal... 127

Bola de nieve.. 131

El Castillo de Cristal.. 135

La puerta de caoba... 141

Epílogo
VOLVERÁN LAS GOLONDRINAS

Tentempié 151

Escenas de matrimonio... 153

El presente libro aparece
con el número 111 de la
Colección Literaria *Ojo
de Pez*, creada en 1988
por José Luis Loarce. Esta
primera edición consta de
mil ejemplares. Pertenece
a la Biblioteca de Autores
Manchegos de la Diputa-
ción de Ciudad Real